LES CATILINAIRES

Amélie Nothomb

午后
四点

[比] 阿梅丽·诺冬／著

胡小跃／译

湖南文艺出版社
HUNAN LITERATURE AND ART PUBLISHING HOUSE

博集天卷
CS-BOOKY

献给贝亚特利丝·科芒热

我将任命你去打仗，让你自由地作战，
然后，我将双手捧着你被子弹打穿的乌黑的脸……

——伊夫·博纳富瓦①

① 伊夫·博纳富瓦（1923— ），法国当代诗人。

译者序

　　阿梅丽·诺冬（Amélie Nothomb）是比利时法语作家，也是当今法语文坛最活跃、最受瞩目的作家之一。自一九九二年出版处女作《杀手保健》以来，她一年出一本书，年年轰动，本本畅销，成了欧洲文学界的"神话"。她的作品已被译成四十多种语言，其中不少已被拍成电影或改编成戏剧，在欧美舞台上上演。她的作品获奖无数，包括法兰西学院小说大奖等。她的作品片段已被收进法国、加拿大和比利时的教科书，她的名字也被收入法国著名的《小罗贝尔词典》，她的头像还曾被印在比利时的邮票上。现在不少国家都出现了研究其作品的论文，研究她的专著也越来越多，这标志着她已进入当代一流作家的行列。二〇一五年，她被选为比利时法语语言与文学皇家学院成员，以表彰她"作品的重要性、她的独创性和逻辑性，以及她在国际上的影响"。

阿梅丽·诺冬原名法比安娜·克莱尔·诺冬，一九六七年生于比利时首都布鲁塞尔郊区小镇埃特贝克的一个外交官家庭。诺冬家族是当地的望族，历史上出过许多政治与文化名人。阿梅丽幼年时就随父母辗转于亚洲多个国家，先后在日本、中国、老挝、孟加拉国、缅甸等国生活与居住，直到十七岁才回欧洲继续上学。读完文科预科，她进入著名的布鲁塞尔自由大学学法律，但她不喜欢，仅读了一年，就转学哲学与文学，因为她迷上了尼采和法国作家乔治·贝尔纳诺斯[①]。

大学毕业后，她的父亲又被任命为比利时驻日本大使，她也再次回到小时候生活了好多年的日本，进入一家日本企业工作，当译员。她原先把自己当作半个日本人，认为日本是自己的半个祖国，却不料东西方文化的冲突使她无所适从，让她找不到自己的身份和位置，她仿佛成了一个边缘人和"无国界人士"。这段经历使她日后写出了一部杰作《诚

───────────

① 乔治·贝尔纳诺斯（1888—1948），法国天主教作家，代表作为《在撒旦的阳光下》。

惶诚恐》。

诺冬喜欢写作，每天必须写四小时以上，每年都写三四本书，至今仍是如此。一九九二年，二十五岁的她从抽屉里选了一部自己比较满意的书稿《杀手保健》，寄到了她所崇敬的法国伽利玛出版社，却不料被该社权威的审读员菲利普·索莱尔斯直接拒绝了，那位"文坛教父"认为这个小女子对老作家大为不敬，竟敢如此调侃和嘲笑曾获诺贝尔文学奖的大作家。诺冬只好另找门路，她的一个朋友替她把稿子送到了法国另一家大出版社——阿尔班·米歇尔出版社，该社的审读班子读了书稿以后一致叫好，老板马上拍板录用，并一口气跟她签了四本书的合同。诺冬并不心慌，她抽屉里有的是书稿。

《杀手保健》出版之后获得了巨大的成功，不但成了当年的畅销书之一，还在第二年、第三年连续获奖。法国的媒体惊呼"文坛上出了一个天才"，诺冬一下子就出名了。一九九三年，诺冬出版了她的第二部小说《爱情与破坏》，并获奖；一九九四年出版的《燃料》是诺冬迄今为止所创作的唯一的剧本，大概是在《杀手保健》中没有过够对话瘾。该剧本写的是，在一个寒冷的冬天，三个垂死者把自己关在公寓里，尽自己的最后力量阅读和选择图书，把他们认为不好的书扔进火中。他们还能活多久？他们之间有些什么秘密？他们为什么要在生命的最后阶段读书、焚书？种种疑团笼罩着全书。《午后四点》是诺冬的第三部小说，出版于一九九五年，写的是一对老年夫妇为安度晚年而隐居在一个偏僻的乡下，却天天被一个自称医生的邻居骚扰。读者能感受到，面对空虚和失望时，文明和礼貌是多么软弱无力。该书曾被法国《读书》杂志评为当年二十本最佳图书之首，不少人把它当作诺冬的代表作，认为其可与《杀手保健》媲美。

诺冬虽然每年都写几本书，但每年只出版一本，永远是在同一家出版社，永远是在同一个季节。从一九九二年出道至今，她已出版了二十八本书。纵观她的全部作品，大致可分为两类。一类是自传性小说，主要写自己的经历与身世，如《爱情与破坏》《诚惶诚恐》《管子的玄思》《饥饿传》《闻所未闻》等。这类小说以基本事实为依据，主人公有时甚至与她自己同名，她偶尔也会悄悄地加上一些虚构的东西。她在这些书中表达了对自己所生活过的地方的爱与恨、怀念和追忆、讽刺与批评，并不惜自嘲，但更多的还是在寻找自己的身份与归属感。作者常常用调侃的语言、幽默的语气和近乎荒诞的情节，通过自己的故事，来探寻活着的意义和生存的矛盾。

另一类是纯虚构的小说，灵感来自多方面，可以是哲理名言和历史故事，也可以是音乐或童话，有时也受现实生活的启发。《某种活法》的背景是伊拉克战争，《硫酸》反映的是电视直播和大众传媒。在这类作品中，主人公大多是一个年轻的知识女性，智慧、机敏、勇敢，思辨能力强，口齿伶俐，如《杀手保健》中的女记者尼娜，《老人·少女·孤岛》中的女护士弗朗索瓦丝，《蓝胡子》中的萨图尼娜。其对手往往是年老丑陋的男性，或富有，或权威，虚伪、霸道、粗野、强大，但最后都败在这位美丽智慧的年轻女性手里。有时，主人公也可能是一个天真、善良、乖巧、诚实的女孩，而她的对手是与她年龄相仿的女孩或稍大的女性，或是同学，或是伙伴，或是老师，但性格和品德与她完全相反，如《反克里斯塔》中的"我"和克里斯塔，《硫酸》中的帕诺尼克和泽娜，《敲打你的心》中的狄安娜和奥丽维娅。

诺冬的小说没有什么惊天动地的情节，也没有宏大的背景，人物不多，不涉及重大题材，书中探讨的往往是生活中常见的命题：友谊与背叛、美与丑、善与恶、道德与虚伪、正义与非正义。爱情、死亡和哲理构成了诺冬大部分小说的支点，而把它们连接起来的，是敏锐的观察、犀利的语言、巧妙的思辨和无处不在的黑色幽默。这就使她的小说残酷而不残忍，灰色而不灰暗，深刻而不晦涩，爱情始终在某处招手，驱使着人们去冒险、去搏击、去不择手段、去铤而走险。

　　在《杀手保健》中，老作家杀的是他深爱的表妹，理由是，他太爱她了，不想让她受到玷污。在《老人·少女·孤岛》中，少女阿彩被囚禁在一个孤岛上，心甘情愿地委身于一个粗鲁的老船长，她以为自己奇丑无比，其实美若天仙。老船长为了把她牢牢地抓在手里，才骗她说她被毁了容。在《公害》中，一个奇丑的男人为社会所不齿，到处受排挤，没有人愿意与他为伴。他受尽折磨、奚落和嘲笑，后来却成了国际法庭的大法官和选美评委会的评委，这使他得以对社会的公正和美做出新的解释，而爱神也随之降临在他的身上。在《刺客》中，主人公埃皮法尼也是一个丑得不能再丑的人物，绰号叫"卡西莫多"，他暗恋上了一个漂亮的女演员爱泰尔。爱泰尔喜欢他，却不愿意嫁给他，因为他太丑。埃皮法尼这才明白，自从有了人类之爱，丑人就没有过位置。为了报复，更多是为了占有美，他用爱泰尔扮演斗牛时用的道具牛角刺死了他心爱的人，为王尔德的一句名言做了注解："每个人都会杀死自己的所爱。"《反克里斯塔》写的是一个坏女孩的故事，她坏得可以用各种贬义词来形容，作者在书中揭示了恶的可气可恨之处，展现了它的破坏力和欺骗性，并告诉读者，要战胜恶，不光需要勇气和力量，更需要智慧。《冬之旅》中的主人公佐伊勒在爱情中找到了美，但这种美不愿放弃丑，也就是说，在得到美的同时也必须接受丑。面对这种艰难的抉择，他很彷徨、痛苦、犹豫，但最终决定宁愿毁灭美也绝不与丑同流合污，由此踏上了一条不归路。美与丑、善与恶在《硫酸》中也一直在进行斗争，只是这一次斗争的方式有些奇特。女狱卒泽娜无疑是丑恶的化身，但恶并不是不能被改造的，小说的最后，泽娜在帕诺尼克的说服、感化和影响下，终于洗心革面，做出了壮举。而《午后四点》是在埃米尔和贝尔纳丹的斗智斗勇中展开的，两人像是在玩推手，一推一挡，你来我往，较量了许多个回合。诺冬是学哲学出身，不满足于在书中讲故事、玩小聪明，而是更喜欢在书中展示自己的学识，引经据典，把历史、宗教、神话、哲学和文学等方面的内容穿插在字里行间。故事讲述到一半，她开始探讨起礼貌、虚空、善恶等问题来，妙语奇思也随之而来。

　　语言是诺冬的小说中最让人享受的东西之一，尤其是人物对话，她的许多小说几乎全以对话组成，如《杀手保健》《敌人的美容术》《蓝胡子》《历史影片》等。作者用对话编织了一个个巧妙、曲折而神秘的故事，光是对话本身就足以吸引读者。作品中正方反方高手过招，唇枪舌剑，妙语连珠。诺冬的语言是智慧的，也是辛辣的；讽刺是无情的，又充满了幽默。《午后四点》中的贝尔纳丹太太睡觉时会发出巨大的呼噜声，自己却睡得很沉，"如果她自己发出的响声都不能吵醒她，那就没有什么东西能吵醒她了"；贝尔纳丹家里臭气熏天，偏偏又不开窗，"他们的窗户总是关着的，好像怕浪费他们宝贵的臭味"。《冬之旅》中，劫机这种疯狂而恐怖的行为，在诺冬的笔下，竟有种滑稽的感觉，对从安检搜身、厕所清洁到等待登机的写作，都让人觉得这场死亡之旅并不是去制造灾难，而是去演出一场喜剧。对往昔的回忆、对动机的探讨、对结果的想象，使一本惊险小说慢慢地变成了哲理小品和爱情诗篇。

诺冬的小说篇幅都不长，结构相对简单，线索也不复杂，情节却一波三折，使读者看了一半也猜不到故事的结局，甚至与当初想象的完全相反。《杀手保健》中的前四个记者都被博学善辩的塔施反驳得落荒而逃，就在读者以为塔施必胜无疑时，小说出现了反转，第五个记者——一个柔弱的女子上场了，她抓住了塔施的要害，逼其就范，揭露出惊天秘密：那个大名鼎鼎的诺贝尔文学奖获得者竟然是个杀人犯。谁也想不到，《某种活法》中那个自称在伊拉克前线作战、喜欢读诺冬小说的美国大兵，完全是一个躲在乡下大吃大喝、消沉懒惰、胖得出不了门的冒牌军人。

　　诺冬的小说结局虽然难猜，但大多有一个共同点，那就是杀人。无论是多么温情的故事，有多么温和的人物，小说最后都会出现命案。谁也没想到，《敲打你的心》这本与谋杀、战争相距甚远的"情感小说"，最后也出现了命案，只是死法有些特殊，奥丽维娅这位心脏病专家的胸口被扎了二十多刀。《罗贝尔专名词典》的主人公是一个名叫普莱克特鲁德的小女孩，从小没有父母，母亲生下她后杀死了丈夫，然后自杀身亡。《午后四点》中的贝尔纳丹好不容易鼓足勇气自杀，却被埃米尔救下，但为了成全他，埃米尔最后只得自己充当凶手。在这里，杀人再次成了助人的善举，就像《杀手保健》中的那个女记者和《敌人的美容术》中的杰洛姆。《蓝胡子》也一样，死是免不了的，恶必须根除。这些小说允满了神秘气氛和冷幽默，贯穿着历史与宗教知识，也不乏戏言，悬念很足，引人入胜。《刺客》中当然也要死人，当埃皮法尼遭到爱泰尔的拒绝，并且真相被揭穿时，他便动手行刺了，从而成全了诺冬的又一部以温柔开场、杀人结束，全文贯穿着幽默、自嘲、讽刺和哲理思辨的小说。

怪异奇特的书名、人名也是诺冬小说的一个特点。她的书名里有很多是不可译的，硬译过来也会让人不知所云、莫名其妙，如《老人·少女·孤岛》，法语书名为 *Mercure*（水银，信使，墨丘利神），《午后四点》的法语原名为 *Les Catilinaires*（敌意的语言或尖锐的讽刺），《诚惶诚恐》的法语原名为 *Stupeur et Tremblements*（惊愕与颤抖），《闻所未闻》的法文原名是 *Ni d'Ève ni d'Adam*（既非夏娃，也非亚当）。她小说中的人名也是如此，往往很长、罕见。《罗贝尔专名词典》中的主人公是一个名叫普莱克特鲁德的小女孩，《蓝胡子》中的男主人公叫堂·艾雷米里奥，《杀手保健》中的文豪叫普雷泰克斯塔·塔施，还有《敌人的美容术》中的泰克托尔·泰克塞尔……这些名字看似与主题无关，其实并非如此，只是要花心思去琢磨，如同她在书中引用和提及的那些句子或故事，虽有炫耀之嫌，但不懂一点哲学、历史、宗教、文学，还真会被蒙在鼓里。她的书名好像随手拈来，其实也并不尽然，它们可能源于某一哲学理论、某个神话、某种传说或某个典故。据《法语词源词典》的作者瓦尔特·冯·瓦特堡考证，"Ni d'Ève ni d'Adam" 这个句子源于一七五二年的一个法国俗语，意思是"不认识，不知道，从来没有听说过，哪怕是追溯到亚当夏娃的时代"。"Les Catilinaires" 则源自古罗马的一段历史：罗马贵族喀提林（Catiline）多次策划阴谋，但屡屡被西塞罗挫败。西塞罗训斥喀提林的演说非常著名，后来"斥喀提林"便成了一个名词。诺冬选用这个词做书名，不排除有戏谑的成分，但也不能说它与小说完全无关，小说中的埃米尔不是曾学西塞罗滔滔不绝、高谈阔论，试图以另一种方式战胜贝尔纳丹吗？读诺冬的小说是愉快的，她幽默的语言、奇妙的构思和独特的叙述方式常常让人手不释卷——当然，这是小聪明，不是大智慧，是小作品，不是大手笔。但她的小说轻松而不肤浅，轻快而不乏犀利，篇幅不长但可以反复咀嚼和品味，她做的是家庭小炒，但她会把小菜做得漂漂亮亮。诺冬的小说似乎好懂，翻译起来却很不容易，很多地方原先以为读懂了，细细再读，才发现完全不是那么回事。她的文字中潜伏着太多的言外之意，正如她在情节中设置了太多的陷阱一样。读她的书，翻译她的书，都是一种智力游戏，稍有不慎，就会上当，她则像书中的女主人公那样，坏坏地躲在一旁偷笑。译者有幸多次见到作者本人，尤其是二〇〇六年，译者在阿尔班·米歇尔出版社实习数月，诺冬在那儿有一个办公室，她每天上午来拆看和回复读者来信，译者得以不时与她交谈，向她请教翻译中的问题，和她一起喝咖啡，谈她小时候在北京的故事。生活中的诺冬真诚、爽直，并不像书中的"她"那样难以捉摸。

胡小跃

二〇一九年十月二十五日

*　*　*　*　*

　　我们对自己其实一无所知。我们以为熟悉自己，事实却恰恰相反。年纪越大，便越不了解这个冠以我们的名字的人。

　　这不是什么问题，体验一个陌生人的生活有何不妥？也许更好，因为知道了自己是谁，就会讨厌自己。

　　如果没有（没有什么？我不知道该怎么说）……如果我不曾遇到贝尔纳丹先生，这种并不少见的怪事就永远不会对我有什么影响。

　　我在想这个故事是什么时候开始的。十几个日期都有可能，就像百年战争①那样。似乎应该说事情开始于一年前。说是半年前开始的似乎也可以。然而，说它开始于我结婚前后也许更准确，那就是说在四十三年前。但更真实、更准确的

---

① 百年战争，公元 14 至 15 世纪发生在英法两国之间的战争，长达百年，但具体开始
　　日期不详。

说法，是开始于我出生那年，也就是说在六十六年前。

我坚持第一种说法，即一切开始于一年前。

有些房子是发号施令的，它们比命运更蛮横，一眼看上去就会被它慑服。应该住在那种房子里。

快到六十五岁时，我和朱丽叶想在乡下找座房子。我们一看见那座房子，马上就知道就是它了。尽管我讨厌用黑体字，但我还是想用黑体字来表示它，因为我们永远也不会再离开这**房子**，它在等待我们，我们也一直在等它。

一直在等它，是的，自从我和朱丽叶结婚起。算起来，应该有四十三年了。事实上，我们已经结婚六十年了。我们是预科班的同学。开学那天，我们相遇了，相爱了，从此就再也没有分开过。

朱丽叶早就是我的太太了，也是我的姐妹和女儿——尽管我们同年，只差一个月。由于这个原因，我们没有孩子。我永远不需要第三者：对我来说，有朱丽叶一个人就够了。

我在中学里教希腊语和拉丁语。我喜欢这个职业，我与不多的几个学生关系密切。然而，我等待退休，就像神秘主义者等待死亡一样。

我并不是胡乱比较。我和朱丽叶一直渴望摆脱普通人所谓的生活。学习、工作和社会活动已被减少到不能再少了，但我们还嫌多，甚至觉得我们的婚姻也是一个落俗套的形式。

我和朱丽叶都希望快点到六十五岁，我们想离开这个浪费时间的世界。当了一辈子城里人，我们渴望到乡下去生活，这不单单是因为热爱大自然，更多是出于对孤独的需要。这种强烈的需要与饥、渴和厌恶相似。

看到那座**房子**时，我们如释重负：这么说，我们从小就梦想的地方真的存在啊！我们曾斗胆梦想过，那是河边的一块林间空地，上面有座房子。就是这**房子**，漂亮、隐蔽，墙上爬着一棵紫藤。

离那里四公里的地方，有一个叫作莫沃的村庄，在那里能买到我们所需的一切。河对岸隐约有一座房子，房东告诉我们，那里住着一位医生。如果我们想高枕无忧，没有比住在这里更好的了。我和朱丽叶遁世隐居，在离我们隐居地三十多米的地方却有一位医生！

我们一刻都没有犹豫。不到一个小时，这房子就成了我们的**房子**了。**房子**并不贵，也不用装修。我们觉得在这件事上，毫无疑问，我们红运当头。

下雪了。一年前，我们搬家的时候，天也下着雪。我们欣喜若狂：从第一天晚上开始，这几厘米厚的白色物质就使我们深深地感到，我们到家了。第二天早上，我们觉得，在这之前的四十三年，我们不像是在自己家里，尽管我们在城里的公寓里一住就是四十三年，从来没有搬过家。

我终于可以全身心地照顾朱丽叶了。

这很难解释：我从来都觉得跟妻子待在一起的时间不够多。六十年来，我给了她什么？对我来说，她就是一切。她也说我是她的一切，但我还是深深地觉得欠她太多。这并不是因为我觉得自己不好或者平庸，而是因为朱丽叶除了我之外没有别的任何东西，也没有别的任何人。我过去是，现在还是她的生命。想到这里，我心里很难受。

刚搬到这**房里**的前几天，我们做了些什么？我想，什么都没做，除了在林中散了几次步。林中那么洁白，那么安静，我们常常停下脚步，惊讶地四目相视。

除此以外，什么都没做。我们到达了我们从小就想待的地方。突然间，我们知道了这就是我们一直渴望的生活。如果我们的宁静没有被打破，我知道我们会这样一直生活到最后一刻。

最后这个句子让我后背发凉。我发现自己在胡说。我讲错了，不是讲得不准确，也不是不真实，而是讲错了。也许是因为我不明白那个故事：它超出了我的理解范围。

第一个星期的一个细节我记得非常清楚：当时我正给壁炉生火，当然，我笨手笨脚的，这种事，我似乎要好多年才学得会。我弄着了一些燃烧的东西，但这不能叫作火，因为它显然不能持久。不如说我弄了一些临时燃烧的火，我对此已经感到满足了。

我蹲在炉膛边上，转过脸，看见了朱丽叶。她坐在一张低矮的椅子上，离我很近，用她特有的目光凝视着火：令人起敬地专注于一事，当时是专心看着那团可怜的火。

让人惊讶的是：她丝毫没有变，不是从我们结婚的时候起，而是从我们第一次相遇的那一刻起。她长高了一点——很少，她的头发白了，其他的一切，也就是说一切，相似得惊人。

她看火的那种目光，就是她在课堂上看女教师的那种目光。她把双手放在膝盖上，头一动不动，双唇紧闭，就像一个对自己的存在感到惊讶的孩子那样，一副乖模样。我早就知道，她没有变，然而，知道得没有像今天这样清楚。

这种发现使我非常激动。我不再理睬摇摇晃晃的火苗，而是盯着这个六岁的女孩 ①，我和她差不多一起生活了六十年。

我忘了这种状况持续了几分钟，突然，她向我转过身来，看见了我在看她，便轻声说：

"火灭了。"

我说了一句："时间不存在了。"好像这是一个回答似的。

我一生从来没有这样快乐过。

在这**房子**里住了一个星期后，我们都好像觉得，以前从来没有在别的地方住过。

一天上午，我们开车去村里采购。我们都很喜欢莫沃的那家杂货店：里面没有什么东西，没有什么选择，这使我们陷入了一种难以解释的兴奋中。

在回家的路上，我突然发现了一件事：

"你看，邻居的烟囱不冒烟，说明我们住在这里可以长期不生火。"

朱丽叶还在对我们有个车库感到惊讶：我们以前从来没有过车库。当我关上门时，她说：

---

① 这里的六岁的女孩，是"我"记忆里六岁的朱丽叶。——编者注

"这房子的确是**房子**，对车子来说也如此。"

我听出了她说的房子是黑体字写的，不禁笑了。

我们储备好了食物。天又开始下雪了。朱丽叶说我们早上去买东西买对了，道路很快就会中断的。

这话让我很高兴——一切都使我感到高兴。我说：

"我最喜欢的谚语一直是："要活得快乐，就得藏起来。"我们现在不正是这样吗？"

"是的，我们正是这样。"

"我忘了是哪个作家不久前补充说："为了藏起来，让我们快乐地生活。"这话说得更对，更适合我们。"

朱丽叶看着漫天飘落的雪花。我只看见她的后背，但我知道她的眼睛是多么欣喜。

当天下午四时许，有人敲门。

我打开门。是位胖先生，似乎比我老。

"我叫贝尔纳丹，是你们的邻居。"

邻居来认识新搬来的人，还有什么比这更正常的吗？况且在这块林中空地，只有两户人家，而且，除了这个人，再也没有任何别的人。然而，我回想起来，我当时惊呆了，就像鲁滨孙遇到了星期五[①]一样。

尴尬了几秒钟后，我意识到了自己的无礼，赶紧说了几句客套话：

"太好了，您就是那位医生呀！快请进。"

当他来到客厅时，我去叫朱丽叶。她一副吃惊的样子，我则微笑着轻声说：

"这无非是一次小小的礼节性拜访。"

贝尔纳丹先生握了握我太太的手，然后坐下来。我们给他端了一杯咖啡。我问他住在那座房子里是否已经很久了。

"四十年了。"他回答说。

我非常高兴：

"在这里生活了四十年！那您住在这里一定很愉快！"

他什么也没说，于是我便认为他不愉快，也就不追问了。

"您是莫沃唯一的医生？"

"是的。"

"责任重大！"

---

① 鲁滨孙和星期五均为英国小说家笛福所著小说《鲁滨孙漂流记》中的人物。小说写水手鲁滨孙在海上遇险后漂到一个荒岛上，设法谋生，后遇野人星期五，两人一道生活，并在后者的帮助下脱险。

"不。这里没有人生病。"

这一点都不奇怪。村里的人口应该不会超过一百，也没什么人生病。

我又从他嘴里挖出一些基本情况——"挖"这个词在这里用得很恰当，因为他能少回答一句就少回答一句。如果我不说话，他也不说话。我得知他结过婚，但没有孩子，我们如果生病，可以请他来看。我忍不住地说：

"有您做邻居，真是意想不到的收获！"

他毫无表情，我觉得他像一个伤心的菩萨。不管怎么样，不能说他饶舌。

整整两个小时，他坐在椅子上一动不动，回答着我不痛不痒的问题。他要迟迟才开口，好像在说话之前需要思考一番，哪怕我是问他天气。

我丝毫不怀疑这场来访使他感到很烦闷，显然，他天真地认为必须讲究礼仪，不得不这样做，这一点让人很感动。他似乎绝望地在等待着离开的时刻。我看得出来，他十分为难，不敢说出这类能救他命的话："我不再打搅您了"，或者是"我很高兴认识您"。

这两个小时过得非常悲怆，他最后站起身来。我相信在他脸上看到了沮丧的神情，他说："我不知道怎么告辞才不会显得无礼。"

我心软了，连忙替他解围：

"非常感谢您过来陪我们！不过，您出来这么长时间，您太太一定着急了。"

他什么都没说，穿上大衣，告辞，然后离开了。

我望着他的背影，忍不住要笑。当他走远时，我对朱丽叶说：

"可怜的贝尔纳丹先生！这场礼节性拜访可难为他了！"

"他话不多。"

"这太好了！这个邻居不会老是来打搅我们。"

我搂住妻子，轻声地说：

"你有没有发现，我们在这里是多么安宁？你有没有发现，我们在这里将多么安宁？"

其他的我们什么都不要了，这是一种说不出来的幸福。

正如斯库特奈尔①引用过的那个诗人的话："人们永远少得不够。"

①　路易·斯库特奈尔（1905—1987），比利时超现实主义作家。

第二天，四点左右，贝尔纳丹先生又来敲门了。

我让他进门时，还以为他是来告诉我们贝尔纳丹太太要来进行礼节性拜访。

医生坐在前一天坐过的那张椅子上，接过一杯咖啡，沉默着。

"今天过得怎么样？"

"挺好。"

"您太太是否也会赏脸来看我们？"

"不会。"

"我希望她身体健康。"

"健康。"

"当然啦，医生的太太不可能身体不好，不是吗？"

"是。"

我琢磨了一会儿这个"是"，想着回答否定句的逻辑规则①。我傻傻地接着问：

"如果你是一个日本人或是一台电脑，我肯定会得出结论

---

① 根据法文的语法规则，如果问句是否定的，肯定的回答应该用"Si（本义为如果，这里为它的特殊用法，即在法语里用来对否定的问句进行肯定回答）"而非"Oui（是）"，外国人常用错。此处的回答有所混乱，故有此文。

说您太太病了。”

沉默。我感到有点羞耻。

“对不起，我当了差不多四十年的拉丁文教师，我有时认为别人也跟我一样喜欢语言学。”

沉默。我好像觉得贝尔纳丹先生看了窗外一眼。

“雪停了。太好了。您看见昨晚下了多大的雪吗？”

“看见了。”

“在这里，每年冬天都下这么大的雪吗？”

“不。”

“道路有时会被雪封住吗？”

“是。”

“这种状况会持续很久？”

“不。”

“路政局会很快采取措施？”

“是。”

“这太好了。”

如果说，以我的年纪，还能这样准确地记得去年的一场谈话，而且是那么无聊的一场谈话，那是因为医生回答得非常慢。对于接踵而来的每个问题，他都要想上十五秒才有反应。

不管怎么说，对一个七十岁的老人来说，这是正常的。我想，五年后，我也许会跟他一样。

朱丽叶害羞地坐在贝尔纳丹先生边上，用我已经描述过的目光看着他，专注得让人敬佩。贝尔纳丹先生的目光非常茫然。

"再来一杯咖啡，先生？"她问。

他拒绝了。"不。"他没有说"谢谢"，也没有说"夫人"，我感到有些吃惊。显然，"是"和"不"构成了他的主要词汇。而我呢，我开始问自己，他为什么赖着不走。他什么话都不说，也无话可说。我的脑海里产生了一丝怀疑：

"先生，您家里够暖吗？"

"够。"

然而，我喜欢试验的本性促使我延长了这一测试，我想看看他的语言究竟简洁到什么程度。

"我想，你们家没有生火？"

"没。"

"你们靠煤气取暖？"

"是。"

"没问题吗？"

"没。"

无济于事。我要试着问一个他无法用"是"或"不是"来回答的问题。

"您白天都干些什么？"

沉默。他的目光显得有些愤怒，他咬着嘴唇，好像我得罪了他。这种无言的不满让我羞愧得无以自容。

"请原谅，我太冒失了。"

不一会儿，我觉得这种让步有些可笑。我的问题一点都不无礼啊！无礼的是他，闯入我们家，却又没有什么话要跟我们说。

我想，如果他话很多，那也不好。我会喜欢他对我滔滔不绝地说话吗？很难说清。不过，他的沉默实在太让人恼怒了！

我突然想到了另一种可能：他有事想求我们，却又不敢说。于是我做出了各种暗示：

"您家有电话吗？"

"有。"

"收音机呢？电视机呢？"

"没。"

"我们也没有。没有这些东西我们也活得挺好，不是吗？"

"是。"

"您的车子有问题吗？"

"没。"

"您喜欢看书吗？"

"不。"

他至少是诚实的。但不喜欢读书又怎么能在这种偏僻的地方生活下去呢？我想起来就感到害怕。而且，他昨天还说，村里没有顾客。

"这里是散步的好地方。您经常散步吗？"

"不。"

我凝视着他肥胖的身躯，心想，这一点，我应该想到的。"一个医生这么胖，毕竟是件奇怪的事！"我心想。

"您有什么特长吗？"

这次，我得到了一个长度可以打破纪录的回答。

"有。我擅长治疗心脏病。不过，我是全科医生。"

让人惊讶。这个看起来有些迟钝的人竟然是治疗心脏病的专家。当心脏病医生可要经过艰苦而努力的学习。这么说，这个人的脑袋里一定充满了智慧。

我愣住了，完全改变了以前的看法，原来，我的邻居是个智慧超群的人。如果说，他要花十五秒才能找到答案来回答我极其简单的问题，那是想强调我的问题是多么无聊。他不说话，是因为他不怕沉默。他不读书，那也一定有深奥的原因，这和这具使人伤心的肉体给我的印象差不多。他说话简洁，喜欢说"是"和"不是"，就像圣马太①和贝尔纳诺斯。他目空一切，表明他对生存状况不满。

于是，一切都清楚了。他之所以在这里生活了四十年，那是因为厌世。如果说他到我家来却又一言不发，那是因为想在死神来临之际与一个陌生人做些沟通。

我也决定不再说话。

于是，我平生第一次与某人面对面却一言不发。准确地说，我跟朱丽叶也有过这种情况，然而，那是我们最常见的交流方式，由来已久，从我们六岁的时候就开始了，那种交流是语言无法胜任的，但我不敢奢望与贝尔纳丹先生也能这样。

起初，我充满信心地进入了沉默。似乎很容易，只要不动嘴唇，不去找话说就是了。然而，沉默和沉默是不一样的，朱丽叶的沉默是一个隔音的世界，充满了希望，充满了神话中的动物，而医生的沉默自他进门起就让人生气，它把人类变成了一种内容空洞的物质。

---

① 圣马太，基督的十二使徒之一，也是《四福音书》作者中的一员。

我试图坚持下去，就像潜水员想延长憋气的时间。这位邻居的沉默功夫也是非常了得，我唇干舌燥，双手全湿了。

糟糕的是，我的做法似乎让我们的客人不高兴了。他最后恼怒地看了我一眼，好像想强调说："你不跟我说话，这太无礼了！"

我投降了，胆怯得嘴唇开始颤抖，想发出声音——不管是什么声音。让我大为震惊的是，我说出来的却是：

"我太太叫朱丽叶，我叫埃米尔。"

我没有反应过来。这种亲昵太可笑了！我从来不想把我们的名字告诉这位先生。我的发音器官着了什么魔，竟然说出这样的话来？

医生好像也在指责我，因为他什么话都没有说，甚至没有说一声"啊"。他的目光中也没有任何表示"我听见了"的反应。

我觉得我们进入了一场掰手腕比赛，他把我压倒了，脸上流露出胜利者的那种无情。

战败的我可怜巴巴地问：

"先生，您叫什么名字？"

他又沉默了十五秒钟，然后有气无力地回答道：

"帕拉墨得斯。"

"帕拉墨得斯？帕拉墨得斯！这太棒了！您知道吗，是帕拉墨得斯①在围困特洛伊城的时候发明了骰子游戏？"

我永远也不可能知道贝尔纳丹先生是否知道，因为他什么话都不说。而我呢，这种人名游戏让我觉得很开心。

"帕拉墨得斯！这很适合您的马拉美风格：'骰子一掷永远取消不了偶然！'②"

邻居似乎对我的观点极为蔑视。他没有说话，好像我怪异得无可救药。

"请您理解我。我之所以笑，是因为您的名字让人意想不到。不过，帕拉墨得斯这个名字非常不错。"

沉默。

"您父亲是否也跟我一样，是个古文教师？"

"不。"

"不"，这就是我有权了解的关于老贝尔纳丹先生的一切。我有点恼火。我一直讨厌向别人提问题。说到底，我躲到这个偏僻的地方，正是出于这样的目的。旁观的局外人可能会

---

① 帕拉墨得斯，希腊神话中的人物，以智慧闻名，曾劝员奥德修斯参加特洛伊战争，后被奥德修斯诬陷致死。
② 此为法国象征派诗人马拉美的一首名诗的诗名。

认为医生是对的：首先是因为我很冒失，然后是因为智慧永远不在说话者一方。但有一点，观察家们是不知道的，而正是这一点使得这种面对面不可理喻，那就是这位先生是自己强行来到我家的。

我差点要问他："你为什么要来看我？"但这句话没有问出口，我觉得这样太无礼了，这分明是赶人嘛！当然，这也正是我所希望的，然而，我没有勇气像粗鲁的人那样做。

帕拉墨得斯·贝尔纳丹却有这种勇气：他坐着，对什么都视而不见，一副迟钝而不满的样子。他是否意识到了自己举止粗鲁？怎么知道这一点呢？

其间，朱丽叶一直坐在他的身边。她观察着他，似乎觉得他挺有趣，就像一个动物学家在研究一头陌生野兽的行为。

把她纤瘦的身材和喜欢思考的眼睛与我们那位肥胖而有气无力的客人做一个比较，还是挺有趣的。可是，我觉得自己无权发笑。我平生第一次后悔自己接受过良好的教育。

对他还有什么可说的呢？我搔搔脑门，想寻找一个不会得罪人的话题。

"您有时进城吗？"

"不。"

"您在村里能找到所需的一切？"

"是。"

"可在莫沃的杂货店里并没有太多的东西。"

"是。"

"是"。是的？这个"是"是什么意思？说"不"是不是更恰当一些？学语言的人喜欢咬文嚼字。就在这时，朱丽叶插话了：

"这里没有生菜，先生。当然，现在不是季节。但没有生菜可怎么过日子？春天的时候有吗？"

这个问题似乎超过了我们这位客人所知的范围。我曾以为他是个博学者，现在又回到了第一种假设：他是个头脑迟钝的傻子。因为，如果他不傻，他应该回答"是"或者"不是"，或者"我不知道"。

他又露出了那副不高兴的样子，然而，我太太的话并没有失礼。我带着一种夸张的敬意说：

"哎，朱丽叶，怎么能向贝尔纳丹先生这样的男人问一些家庭妇女的问题呢？"

"难道贝尔纳丹先生不吃沙拉吗？"

"那是贝尔纳丹太太的事。"

她转过身问了医生这么一个问题，我不知道她是无知呢，还是无礼。

"贝尔纳丹太太吃沙拉吗？"

就在我准备救驾的时候，医生思考了一阵之后，说：

"吃。"

他能屈尊回答这个问题，证明这个问题选对了。这么说，可以问他这类事情。弄个蔬菜单，我们可以打发一些时间。

"你们也吃西红柿吗？"

"吃。"

"萝卜呢？"

"吃。"

逐一问他关于蔬菜的问题，是一个很好的解决办法，但我觉得有点不恭敬，所以不敢再问下去。很遗憾，因为我已经感到有趣了。

回想起来，在这之后，我们仍在沉默和无聊的问题之间徘徊了很久。

晚上，快到六点钟的时候，他站起身来要走，就像前一天一样。我都不敢相信。我无法形容那两个小时对我来说是多么漫长。我筋疲力尽，好像刚刚跟独眼巨神打了一架，甚至更糟，跟独眼巨神相反的人打了一架。独眼巨神叫波吕斐摩斯^①，即"说话滔滔不绝的人"。挑战一个饶舌者当然是一种考验，但对一个闯进你家，强迫你接受他沉默的人，你又能怎么样?

昨天晚上，这位邻居离开的时候，我笑了。今天，我笑不出来。朱丽叶问我:

"他今天为什么要来?"

好像我无所不知似的。

为了安慰她，我想出了一个难以置信的答案:

"有些人认为礼节性拜访一次是不够的，他们要拜访第二次。现在，我们两讫了。"

"啊，太好了，这位先生很懂礼貌。"

我笑了，不过，我担心会有更糟的事情发生。

第二天早上，我醒来时心情烦躁，不敢承认原因。为了掩饰这种隐隐约约的忧虑，我制订了一个郊游计划。

"今天，我们去弄一棵圣诞树。"

---

① 波吕斐摩斯，希腊神话中的独眼巨神，以人肉为食。奥德修斯等人在海上漂流，一日上岸误入他所住的洞穴，一部分人被他吞掉。奥德修斯设计谋用酒把他灌醉，弄瞎他的独眼，才与其他人脱险逃走。

朱丽叶大吃一惊：

"可圣诞节已经过去，现在是一月份了。"

"这没关系。"

"我们从来没有过圣诞树。"

"今年，我们要有一棵。"

我像个将军，制订了行动计划：我们到村里去买枞树和装饰物，下午就把它放在客厅里，装饰起来。

有没有圣诞树，我当然无所谓，但这是我所能找到的唯一可以消除不安的东西。

在村里，根本就没有枞树卖。我们买了几束花环和几个彩球，还有一把斧头和一把锯子。回来的时候，我把车停在森林中间，笨手笨脚地砍了一棵小枞树，然后把它放在车尾箱里，树太大，只放进去一半，车尾箱关不上，只好开着。

下午，我们花了九牛二虎之力，才在客厅里把枞树竖起来。我决定，明年一定要连根拔，把它种在花盆里。接着，得把装饰物挂在树枝上，装饰物的味道怪怪的。我的太太非常高兴，她觉得那棵枞树就像一个刚做完头发的村姑一样漂亮，她建议再加上几个发夹。

她似乎忘了盘旋在我们头顶的危险，但我忧心忡忡，悄悄地看着手表。

四点整，有人敲门。

朱丽叶轻声地脱口而出：

"啊，不！"

一听见这两个字，我就知道我白费劲了，没能平息她的恐惧。

我乖乖地打开门。只有我们的折磨者一个人，他嘟哝了一声"你好"，便把大衣递给我，然后走到客厅里他曾坐过的那张椅子前坐下，他已经习惯了。他接过一杯咖啡，什么也没说。

我像前一天一样，勇敢地问他，他太太会不会来——我并不真的希望他太太来，但至少可以解释他今天来访的原因。

他有点不悦，从词库里蹦出一个最常用的词：

"不。"

噩梦似乎又将开始，但我们白天的活动至少可以作为一个不错的话题。

"您看见了吗？我们弄了一棵圣诞树。"

"是的。"

我差点要问他："很漂亮，不是吗？"但我想用一个极大胆的问题来做一个科学实验：

"您觉得怎么样？"

谁都不会觉得这句话问得不礼貌。我屏住呼吸。这一招非常重要：贝尔纳丹先生到底有没有美丑观？

他像往常一样想了一会儿，然后茫然地看了看我们的艺术作品，于是我们得到了一个模糊的回答，并配以毫无感情的声音：

"好。"

在他心中的词库里，这个"好"意味着什么？这个词是一种美学上的判断，还是属于道德范畴——有圣诞树是对的？我追问道：

"您说的这个'好'字是什么意思？"

医生露出了不高兴的神色。我发现，当我的问题超出了他习惯回答的语言范畴时，他便会露出这种表情。可以说，他成功地羞辱了我，就像前两天一样。我还以为我的话说得不妥呢！这次，我决定要反抗：

"这表明您觉得这棵树漂亮？"

"是。"

见鬼！我忘了，不能让他有机会说出这个他最喜欢说的字。

"您呢，您家里有圣诞树吗？"

"没有。"

"为什么没有？"

客人的脸上露出了愤怒的神情。我想：

"这正是我的目的，你生气吧。我就是要极其无礼地来问你一个问题：你为什么没有圣诞树？我是多么粗鲁啊！这次，我不会帮你的。你自己去寻找答案吧！"

时间在一秒钟一秒钟地过去，贝尔纳丹先生皱着眉头，他也许是在思考，也许因为要面对一个斯芬克司[①]那样的谜而生气。这时，我感到爽极了。

所以，当我听到朱丽叶用温柔的声音说出这句话时，你可以想象得到我是多么惊讶。

"也许先生不知道他为什么没有枞树。人们往往不知道这种事情的原因。"她说。

我懊丧地看着她。她把一切都搞砸了。

我们的邻居摆脱了困境之后，恢复了安详。但当我观察了他之后，我发现这个词不适合他。他身上根本没有安详的东西：我之所以用这个词来形容他，是因为人们往往用它来形容胖子。然而，这个折磨我们的人，他的脸上丝毫没有那种温柔

---

① 斯芬克司，希腊神话中带翼的狮身女怪。传说她常令过路行人猜谜，猜不出即杀害之。后谜底被俄狄浦斯道破，遂自杀。今每用以隐喻"谜"样的人物。

和安详。事实上，他的脸上除了忧伤，没有任何其他表情。然而，这又不是人们用来形容葡萄牙人的那种高雅的忧伤，而是一种沉重的、不可动摇的、没有结果的忧伤，因为人们可以感到它融化在了他的脂肪中。

好好想想，我是否见过快乐的胖子？我徒劳地在记忆中搜寻。有人说，胖子都很快乐，我觉得这种说法是没有根据的。恰恰相反，他们当中的大部分人都像贝尔纳丹先生那样，一副哭丧的样子。

也许这就是他不受欢迎的原因之一。如果他一副高兴的样子，我想他的沉默就不会让我感到那么压抑。在这种毫无生气、让人失望的肥胖中，有一种让人难受的东西。

朱丽叶又瘦又小，但她即使不笑也是一副快乐的样子。而我们的这位客人则恰恰相反，如果他还会笑的话。

关于圣诞树和为什么有或者没有圣诞树的问题失败之后，我忘了我说了些什么，只记得时间非常漫长，漫长而难过。

当他终于离开的时候，我都不敢相信才六点钟：我坚信已经九点了，我还以为他要赖在这里吃饭呢！这么说，他"只"待了两个小时，和昨天、和前天一样。

人在生气时往往会对别人有些不公平，我就是这样。我埋怨朱丽叶说：

"我问他圣诞树的时候，你为什么要出来救他呢？应该让他自己对付。"

"我出来救他了？"

"是的，你替他回答了。"

"那是因为我觉得你的问题有点不妥当。"

"是不妥当！那就更有理由问了。这样不是可以试试他的智力水平吗？"

"他毕竟是个治疗心脏病的医生。"

"也许在遥远的过去他是聪明的。现在，他显然不再聪明。"

"你是不是觉得他的脑子有问题？这位先生看起来很不幸，有点听天由命。"

"听着，朱丽叶，你很善良，但我们不是圣伯纳德犬①。"

"你觉得他明天还会来吗？"

"我怎么知道？"

我发现自己提高了嗓门。我把火撒在自己的太太头上了，

---

① 圣伯纳德犬，原产于丹麦，在瑞士也有悠久的历史，是著名的救生犬，引申为"救星"。

真是愚蠢到极点了。

　　"请原谅。那家伙把我气糊涂了。"

　　"埃米尔，如果他明天还来，那怎么办？"

　　"我不知道。你说怎么办？"

　　我感到自己已经无能为力了。

　　她微笑着说：

　　"也许他明天不会来了。"

　　"也许吧。"

　　可是，我并不相信。

　　第二天，下午四点，有人敲门。我们知道是谁。

　　贝尔纳丹先生沉默着，觉得我们不说话简直是无礼到极点。

　　两个小时后，他走了。

　　"明天，朱丽叶，四点差十分时，我们出去散步。"

　　朱丽叶哈哈大笑起来。

　　第二天，三点五十分时，我们出去散步了。天下着雪，我

们很高兴，感到非常自由。我们从来没有感到散步有这么快乐。

　　朱丽叶才十岁。她仰起头，面对天空，张开嘴，想把雪花

一片片吞下去。她假装在数，每隔一段时间，她就向我报数，数字让人难以置信：

"一百五十五。"

"骗人！"

在森林中，我们的脚步像雪一样悄然无声。我们一声不吭，重新又发现沉默是多么幸福。

夜幕及时降临了。由于四周一片白茫茫的，天地显得更亮了。如果沉默必须变成一种具体的物质，那应该就是雪了。

回到家里时，已经是六点钟了。我们发现有一个人的脚印，还是新踩的，一直通往我们的家门口，然后又回到了邻居家。我们不禁大笑起来，尤其是发觉那个人曾在我们家门口空等了很长时间。我们似乎能从这些脚印中看出它的意思，我们能清楚地看到贝尔纳丹先生生气的样子，他一定在想，我们不在家接待他，真是太缺乏教养了。

朱丽叶乐坏了，似乎激动得不能自已。刚才好像在仙境中散了步，现在又发现医生失望而归，她简直高兴坏了。生活中很少有什么事能让她激动成这个样子。

晚上，她没有睡好。第二天早上，她咳嗽了。我恨起自己来：我怎么能让她不戴帽子就在雪地上跑呢，而且还吞了几百片雪花?

没什么大不了的，但今天是不能出去散步了。

我把汤药端到她的床头。

"今天，他还会来吗？"

我们甚至用不着说明这个"他"是谁。

"我们昨天不在，也许他今天会打消来的念头。"

"平时，四点钟的时候，我们就已经打开了客厅里的灯。今天可以不开。"

"昨天我们就没开，但他还是来了。"

"可是，埃米尔，我们非接待他不可吗？"

我叹了一口气，心想，真理往往出自无知者的嘴中。

"你问得好。"

"可你没有回答。"

"法律并没有规定我们要对他打开大门，而是礼貌迫使我们这样做的。"

"我们一定要有礼貌吗？"

她又触及了一个敏感点。

"谁也没有强迫我们要有礼貌。"

"所以……"

"朱丽叶，问题不在于我们有没有责任，而在于我们有多大的能力。"

"我不明白。"

"如果我们礼貌了六十五年，我们能一朝就不礼貌吗？"

"我们过去一直都很礼貌吗？"

"你问我这个问题，本身就证明我们的行为方式在我们身上是多么根深蒂固。我们已经礼貌得都意识不到自己礼貌了。人是不会与无意识做斗争的。"

"我们就不会试试吗？"

"怎么个试法？"

"如果他来敲门，而你又在楼上，你听不见敲门声是正常的，尤其是在你这个年龄。这甚至都算不上不礼貌。"

"我为什么要待在楼上？"

"因为我卧病在床，因为你要守在我的床头。说到底，这跟他无关。待在楼上根本谈不上不礼貌。"

我觉得她说得有道理。

四点钟的时候，我待在楼上，坐在病人旁边。有人敲门。

"朱丽叶，我听见了！"

"他什么都不知道。你可以没听见。"

"可我听得很清楚。"

"你可以正在睡觉。"

"在这个时候睡觉？"

"为什么不行？我病了，你陪着我睡着了。"

我心里开始感到不踏实，喉咙发紧。朱丽叶抓住我的手，鼓励着我：

"他很快就会停止敲门的。"

在这一点上，朱丽叶弄错了。他不但没有停止敲门，反而敲得越来越响。我要待在六楼才能听不见，而我们的房子只有三层。

几分钟过去了，贝尔纳丹先生开始像疯子一样捶我们家的门。

"他会把门敲烂的。"

"他疯了，疯狂到极点了。"

他敲得越来越响。我似乎看到他巨大的身躯压在门上，门最后倒了下来。在这么冷的天，如果没有门，那可让人受不了。

接着，事情糟糕到了极点：他一刻不停地敲门，两次敲门之间的间隔不超过一秒。我都不敢相信他有那么大的力气。朱丽叶脸色苍白，松开了我的手。

这时，发生了一件可怕的事情：我匆匆冲下楼梯，打开了门。

折磨我们的人脸都气肿了。我害怕极了，说不出一句话来。我闪到一边让他进来，他脱掉大衣，走到那张椅子前坐下。他把那张椅子当作他的椅子了。

"我没有听见您敲门。"我结结巴巴地说。

"我知道你在家，因为外面的雪地上没有脚印。"

他从来没有一口气说过这么多话。接着，他沉默了，端坐在椅子上。我害怕极了，他刚才说的话证明他并不是笨蛋。相反，从他的举止来看，他是一个危险的疯子。

过了很久很久，他又说了一句话：

"昨天，你们出门了。"

听他的语气，是在责备我们。

"是的，我们到林中散步去了。"

我还在替自己辩解呢！我为自己的怯懦感到羞耻，便强迫自己补充了一句：

"您敲门敲得那么用力……"

你们想象不到我得有多大的勇气才能说出这几个字，我们的邻居却觉得没必要解释。他敲得太用力了？那就对了，因为这最后迫使我开了门。

但那天我还没有足够的自信保持沉默。

"我太太昨天散步时着凉了。她躺在床上，有点咳嗽。"

不管怎么说，他是个医生。他也许最终会显示出自己在什么方面有点用。然而，他没有说话。

"您能替她检查一下吗？"

"她着凉了。"他生气地说，似乎在想，不要用这种事来打搅我！

"没什么大不了的，不过，在我们这种年龄……"

他不屑再回答。他所传递的信息很清楚：除非得了脑膜炎，否则，别想让他看病。

他又沉默了。我突然气愤起来。什么！我得在这个人身上浪费整整两个小时？他死气沉沉，只在敲门时才显示出自己的活力。而在这两个小时里，我可怜的太太生着病，一个人孤零零地躺在床上！啊，我再也忍受不了了。

但我还是有礼貌地对他说：

"请您原谅，但朱丽叶需要我。您可以待在客厅里，也可以陪我上楼，随您的使……"

随便什么人都能听明白这是在下逐客令，可贝尔纳丹先生不是随便什么人。我分明听到他惊讶地问我：

"您不请我喝咖啡了？"

我真不敢相信自己的耳朵。这么说，我们出于礼貌，每天请他喝一杯咖啡成了必需的了！我不无恐惧地发现，从他第一次来访起，我们所给他的一切都成了必需的了：在他欠发达的大脑里，客气一次就得永远客气下去，这成了法则了。

尽管如此，我还是不会给他上咖啡！这太过分了。美国人好像会对他们的客人说："自己动手吧！"可我不是美国人，而且，我也没有胆量拒绝他的任何要求，由于天生懦弱，我做了一个折中的选择：

"我没有时间给您煮咖啡。我得煮水给我太太泡汤药，我就顺便给您泡杯茶吧！"

我差点想加上一句："如果您愿意的话。"但我没有这个胆，所以把这句话掐掉了。

我把茶递给他后，便端着汤药上了楼。朱丽叶缩在床上，轻声地问我：

"他怎么样了？他为什么像个粗人那样敲门？"

她害怕得圆睁双眼。

"我不知道。不过，别担心，他不是危险分子。"

"你能肯定吗？你听见了，他捶那扇可怜的门时，力气有多大！"

"他并不粗暴，只是一个粗人罢了。"

我告诉她那位先生想喝咖啡的事，她扑哧一声笑了出来：

"把他一个人留在楼下吧？"

"我不敢。"

"试一试吧，只是看看他会有什么反应。"

"我不想让他翻我们的东西。"

"他不是那种人。"

"他是哪种人？"

"听着，他是个粗人。你有权以粗待粗。还有，你别下楼，我求你了。我怕你单独和他在一起。"

我笑了。

"你在那里保护我，就没那么害怕了吗？"

这时，我们听见了一个可怕的声音，然后又传来同样的一声，接着是第三声。听到这一节奏，我们都知道发生什么事了：敌人上楼了。楼梯已习惯我们轻轻的身体，肥胖的贝尔纳丹先生压得它嘎吱作响。

朱丽叶和我对视了一眼，我们就像被吸血鬼关在储藏室里的两个孩子，根本无法逃脱。缓慢而沉重的脚步声越来越近。我上楼时没有关门，也没想到要关门：那种保护完全没有用，为什么还要做呢？我们完了。

与此同时，我发现我们的害怕是多么滑稽：事实上，我们并没有什么大危险。我们的邻居是个灾星，这毫无疑问，但他不会给我们造成任何伤害的，不过，我们仍然感到害怕。我们已经感觉到他的存在了。为了装得像模像样，我抓住病人的手，一副专注的样子。

他到了，看着这一幕：忧心忡忡的丈夫坐在生病的妻子的床头。我假装惊讶：

"啊，您上楼了！"

好像我没有听见楼梯声响似的！

他脸上的表情让人捉摸不透，好像对我们的恶行既愤怒又怀疑：朱丽叶完全可能假装生病，以免去礼貌待他的义务。

她呻吟着，滑稽地感谢他：

"啊，医生，太感谢您了！不过，我觉得仅仅是着凉了而已。"

他不知所措，把手放在她的额头上。我看着他，有点惊愕：如果他要替我太太做检查，他的大脑必须运转才行！他能做到吗？

贝尔纳丹先生肥胖的大手终于抬起来了。他没有说话。刹那间，我做好了最坏的心理准备。

"怎么样，医生？"

"没什么。她什么事都没有。"

"可她咳嗽！"

"也许喉咙有点发炎。不过，她没事。"

这句话，换成别的医生，会说得很让人放心，而从他嘴里发出来，像是在骂人——"就这么一点小病，你们就不管我了？"

我假装什么都没有看到。

"谢谢，谢谢，医生！有您的话我就放心了。我得付您多少出诊费？"

他的手只在我太太的额头上放了一下，就要付钱给他，这显得有些奇怪，但我实在不想欠他的情。

他态度粗暴地耸耸肩，这下，我发现了这个折磨我们的人的一个特点——他有特点，仅仅这一事实就让我感到惊奇了：他对金钱不感兴趣。他身上如果没有高贵之处，可能会有些闪光的东西，至少没有平庸的东西。

他忠于自己的性格，匆匆掩饰自己刚开始给人留下的好印象。他在房间里走前一步，坐在一张椅子上，面对着我们。

朱丽叶和我交换了一下目光，我们都不敢相信：他无论如何也不能进攻到我们的卧室里来呀！事情不但变得非常可怕，而且搞僵了。

即使我能把某人赶出家门，我又怎么对他下得了手？况且他刚刚免费替我太太看了病！

朱丽叶最后随口说：

"医生，您……您不会就待在这里吧？"

他忧郁的表情中出现了一丝惊讶。什么，竟然有人敢对他说这话？

"这不是接待您的地方，而且，您会感到烦闷的。"

他觉得这话还能接受，不过，他又提出了一个让人受不了的建议：

"如果我去客厅，您也要跟着去。"

我沮丧地做着无用的辩解：

"我不能把她一个人留在这里。"

"她没有生病。"

真是不可思议！我只知道一再重复：

"我不能把她一个人留在这里！"

"她没有生病。"

"不管怎么说，医生，她很虚弱！在我们这个年纪，这很正常！"

"她没有生病。"

我看着朱丽叶，她坚决地摇着头。但愿我有力量大声宣告："不管她有没有生病，我都要和她待在一起！你出去！"我这时才明白自己软弱到了什么程度。我恨自己。

我狼狈地站起来，和贝尔纳丹先生下楼来到客厅，留下我可怜的太太在房间里咳嗽。

那个擅自闯入别人家中的人躺坐在扶手椅中，端起我上楼之前给他沏的一杯茶，送到唇边，却又把茶递给我，说：

"茶凉了。"

我愣了一下，然后突然疯狂地大笑起来：这太过分了！粗鲁到这种程度，这太不合适了。我笑着，笑着，疯狂大笑了半个小时，都直不起腰来。

我从被我的大笑激怒的这位胖先生手里接过杯子，走向厨房。

"我马上再给你沏一杯茶。"

六点钟的时候，他走了。我回到楼上的房间。

"我听见你笑得很大声。"

我跟她讲述了茶凉了的故事。她也笑了，然后，又似乎有点局促不安：

"埃米尔，接下去我们怎么办？"

"不知道。"

"不能再开门让他进来了。"

"刚才的事你已经看见了。如果我不开门，他会把门敲烂的。"

"那就让他敲烂好了！那将是跟他绝交的最好机会。"

"可门真的会被他敲烂的，现在是冬天！"

"敲烂了我们再修。"

"门会被白白地敲烂的，因为没有办法与他绝交。最好还是对他好言好语，因为他是我们的邻居。"

"那又怎么样？"

"最好和邻居和睦相处。"

"为什么？"

"这是习惯。而且，别忘了我们在这里是孤家寡人。再说了，他是医生。"

"远离尘嚣，这正是我们所希望的。你说他是医生，而我要说，他会把我们都弄病的。"

"别夸张了，他并不会伤害人。"

"你看见了，才几天我们就担忧成这个样子。一个月后，半年之后我们会变成什么样子？"

"也许冬天过后他就会停止的。"

"不会，这你知道得很清楚。他每天都会来，每天四点到六点！"

"也许他会泄气的。"

"他永远也不会泄气。"

我叹了一口气。

"听着，他确实很碍事，但我们在这里不是过得很好吗？这正是我们一直所希望的。我们不能让一件如此可笑的小事破坏我们美好的生活。一天有二十四个小时，两个小时是一天的十二分之一，可以说算不了什么。我们每天有二十二个愉快的小时呢！我们有什么理由抱怨呢？你想过没有，有些人一天连两个小时的愉快都没有呢！"

"这难道是可以让人侵犯的理由吗？"

"礼仪迫使我们要把自己的生活与别人的生活相比。我们过着如梦的生活，却还要抗议，我会感到羞耻的。"

"这不公平。为了一点微薄的工资你工作了四十年。我们今天的幸福是微不足道的,是理所当然的。我们已经付出了代价。"

"不能这样来讨论问题,没有任何东西是理所当然的。"

"有什么东西不让我们自我保护呢?"

"保护自己不受一个笨蛋、一个迟钝的粗人的侵犯?最好还是一笑了之吧,不是吗?"

"我笑不出来。"

"你错了。笑是很容易的,以后,就让我们一起笑贝尔纳丹先生吧!"

第二天,朱丽叶的病好了。下午四点,有人敲门。我去开门,嘴角挂着微笑。我们决定带着他应当得到的所有微笑去接待他。

"啊,太让人惊喜了!"当我看到折磨我们的人时,我大声叫道。

他进来了,一副抱怨的样子,把大衣递给我。我欣喜若狂,接着说:

"朱丽叶,你永远也猜不到是谁来了!"

"是谁呀?"她在楼上问。

"是那位了不起的帕拉墨得斯·贝尔纳丹先生，我们可爱的邻居！"

朱丽叶轻快地从楼上下来。

"是那位医生？啊，真是他！"

我从她的声音里能听出她在强忍着，不让自己笑出声来。她双手握住他的一只胖乎乎的手，把它贴在胸前。

"啊，谢谢，医生！您感觉到了吗？我的病好了，这要感谢您。"

这个大胖子显得有点不自在，他从我太太手中抽回手，坚定地走向他的那张椅子，跌坐在上面。

"来一杯咖啡？"

"好。"

"其他还要点什么？您知道吗，昨天，您救了我的命。您喜欢什么？"

他半躺在椅子上，没有回答。

"来块杏仁蛋糕？苹果馅饼？"

我们家里根本没有这些东西。我在想朱丽叶是否在夸张，至少，她看起来是在开玩笑。她继续列举想象中的甜点：

"来一大块果酱蛋糕？奶油夹心烤蛋白？苏格兰布丁？

黑加仑酒荷包蛋？巧克力奶油条酥？"

我甚至怀疑她这辈子是否见到过这些甜点。医生开始露出愤怒的样子，他生气地沉默了很久，然后说：

"咖啡！"

我太太不知道他那么粗鲁，惊讶地说：

"什么都不要，真的什么都不要？啊，这太遗憾了。如果您能吃些甜点，我会多么高兴啊！医生，由于您，我获得了新生！"

她像只小山羊一样轻快地跑进厨房。如果我们的客人真的要了她说的某种甜点，她该怎么办？我讪笑着走到他身边坐下。

"亲爱的帕拉墨得斯，你觉得中式分类法怎么样？"

他什么都没说，甚至丝毫没有感到惊奇。他疲惫的目光似乎表达着这样的意思："我还得忍受这个家伙让人痛苦的谈话。"

而我决意要让他难受：

"在这个问题上，博尔赫斯①把人弄得都发晕了。我引用《探讨》中一个著名的段落，你可别不高兴，'在古中国，

---

① 博尔赫斯（1899—1986），阿根廷作家，曾任阿根廷作家协会主席、国家图书馆馆长、布宜诺斯艾利斯大学哲学文学系教授。获阿根廷国家文学奖、西班牙塞万提斯奖。

有一本叫作《友善学天朝大观》的百科全书，书中写道：动物分成以下几类：（1）属于皇帝的；（2）经过防腐处理的；（3）被驯服的；（4）乳猪；（5）美人鱼；（6）传说中的动物；（7）流浪狗；（8）包括在以上分类中的动物；（9）发疯似的动物；（10）多种多样的动物；（11）用极细的驼马笔画的动物；（12）等等；（13）刚刚把罐子打烂的动物；（14）远远看起来像苍蝇的动物'。对一个像您这样的科学家来说，这难道不是一种如果说您不大笑至少也会发笑的分类法吗？"

我扑哧一下笑出声来，尽可能地文明。贝尔纳丹先生呆若木鸡。

"这么说，我认识一些丝毫不喜欢这种分类法的人。确实，除了滑稽，这个例子也说明分类之艰难。没有任何理由认为我们比中国人聪明。"

朱丽叶给我们端来了咖啡。

"你这些晦涩的理论也许让我们可爱的医生感到厌烦了……"

"朱丽叶，读过亚里士多德的人不可能不思考这些问题，同样，读过这些有趣但不适当的练习的人，不可能不把它记住。"

　　"你也许应该向医生解释一下谁是亚里士多德。"

　　"帕拉墨得斯，请原谅她。她也许忘了亚里士多德在医学界所扮演的角色。说实在的，分类这念头本身就不可思议。有什么必要给真实的东西分类呢？我在这里不想跟您谈二元论，虽然二元论是对原先的二分法极自然的移植，二分法认为男女是对立的。事实上，分类这个词只有在不止两个论点的时候才是正确的。二元分类法不配用这个名字。你知道三元分类法（所以也是人类历史上的第一次分类）是谁先发明的，又是在什么时候发明的吗？"

　　折磨我们的那个人喝着咖啡，好像在想："就知道说。"

　　"我让您猜一千次您也猜不到。是吕底亚①的太昌德。您能想到吗？比亚里士多德差不多早两个世纪！对那个斯塔吉拉人②来说，这是多大的侮辱啊！您想过太昌德的脑袋里在想什么吗？人类第一次想根据抽象的秩序来划分真实的东西，是的，抽象的秩序。我们今天也不见得更加清楚，但说到底，所有根据二以上的数字所进行的划分都完全是抽象的。如果

---

① 吕底亚，古代小亚细亚西部的奴隶制国家。
② 斯塔吉拉人，这里指亚里士多德。斯塔吉拉为希腊哈尔基季半岛的一个地名，为亚里士多德的出生地。

有三种性别，四元分类法中就会出现抽象的东西。"

朱丽叶带着赞赏的目光望着我。

"太了不起了！你从来没有这样迷人过！"

"亲爱的，我在等待能与我较量的对话者呢！"

"医生，多亏您来了！如果没有您，我根本无缘认识吕底亚的这个太昌德。"

"还是让我们回到最初的分类法上来吧。您知道吕底亚的分类法是以什么为基础的吗？它来自吕底亚人对动物世界的观察。事实上，我们的那个吕底亚人是动物学家，他把动物分为三类，分别叫作：羽类动物、毛类动物和——记清楚了——皮类动物。第三类动物包括两栖类动物、爬行动物、人类和鱼类——我是根据他论文中的秩序列举的。这难道不神奇吗？我喜欢这种古老的智慧，它把人类当作动物的一种。"

"我同意他的观点。人类是一种动物！"朱丽叶激动地说。

"于是，许多问题出现了：太昌德把昆虫和甲壳类动物归在了哪里？对他来说，这些东西好像不是动物似的！在他看来，昆虫属于灰尘世界——除了蜻蜓和蝴蝶，他把蜻蜓和蝴蝶划为羽类动物。至于甲壳类动物，他把它们当作节肢动物的贝壳，而他认为贝壳属于矿物。多么富有诗意啊！"

"花呢，他把它划分到什么地方了？"

"朱丽叶，别把什么都混为一谈。我们现在说的是动物。我们也可以想一想，那个吕底亚人怎么没有注意到人也是有毛的。相反，有毛的动物身上也有我们所谓的皮。这太奇怪了。他的标准是印象主义的，所以，生物学家都把太昌德当作可笑之人。谁都不曾意识到这是史无前例的精神飞跃和意识飞跃，因为他的三元论无非是扮成三元相辅的二元相辅。"

"埃米尔，扮成三元相辅的二元相辅是什么东西？"

"比如说，他把动物分成重、轻和不重不轻三类。黑格尔也无非如此……这个吕底亚人在构想这套理论时，头脑里到底是怎么想的呢？我对这个问题非常感兴趣。他的直觉一开始就幻想到了三元论，还是他是从一种普通的两分法（羽和毛）开始的？他是否在中途认识到这是不够的？这我们永远也不可能知道。"

贝尔纳丹先生好像是一个迷失在拜占庭的蹩脚工匠：这是极大的蔑视，但他仍然端坐在"他的"扶手椅上。

"生物学家笑他，这是大错特错。现在的动物学家难道发明了更加科学的分类法？您知道，帕拉墨得斯，当我和朱丽叶决定住到乡下时，我买了一本有关鸟类的书，我想熟悉熟悉我的新环境。"

我站起来去找那本书。

"就是这本《世界上的鸟类》，博达出版社一九九四年版。它从九十九种非鸣禽目鸟类写起，最后描述七十四种鸣禽目鸟类。这种做法是荒唐的。从讲述与它无关的东西开始来描述一种生命，这有点让人头晕。如果一开始就乱扯一通，那会怎么样？"

"你说得对。"朱丽叶听得心醉神迷，说。

"您想象一下，亲爱的朋友，我要描述您，开始时却列举一些与您无关的东西！这真是疯了。'与帕拉墨得斯·贝尔纳丹无关的一切'，这个单子将会很长，因为与您无关的东西太多了。从哪儿开始呢？"

"比如说，我们可以说医生不是羽类动物！"

"没错。他不是讨厌鬼，不是粗人，也不是白痴。"

朱丽叶睁大眼睛，脸色苍白，用手捂住嘴，怕自己笑出声来。

我们的客人却不动声色。说完最后一句话时，我注意观察他的表情。什么表情都没有。目光中一丝闪亮都没有，甚至连眉头也没有皱一皱。然而，毫无疑问，他已经听见了。我得承认，他让我大吃一惊。

我得巧妙地脱身了，便胡乱地说：

"太奇怪了，分类学上的问题会通过生物学而出现，当然，这可能完全符合逻辑。我们不能自找烦恼，替一些变化如此之少的东西创造种类，比如说，雷电。只有多样性和不协调性才会产生分类的需要。还有什么比动物和植物更不协调、更多种多样呢？不过，我们可以从中看到更深刻的亲缘关系……"

我突然意识到，我忘了我曾如此深思熟虑过的亲缘关系，想不起来我思考了二十年的结果，而就在昨天晚上，我还想起来着。一定是贝尔纳丹先生的来临或者说是他的纠缠让我的大脑短路了。

"这些亲缘关系是什么来着？"朱丽叶不安地问。

"我现在还仅仅是假设，但我敢肯定它们是存在的。帕拉墨得斯先生，您是怎么想的？"

我们白等了，他根本不回答。我不由得欣赏起他来：

不管他疯不疯，至少他有这种我所缺乏的勇气或者说胆量——不予回答。既不说"我不知道"，也不耸肩，完全无动于衷。对一个强行到我家来坐上几个小时的人来说，这是一种天才。我被他迷住了，佩服他怎么能做到这一点的。他甚至没有一丝尴尬——尴尬的是我们！我们尴尬极了！而且，我根本就没有理由感到惊讶：如果粗鲁的人为自己粗鲁的方式感到耻辱，他们就会不再粗鲁。我惊讶地想，做一个粗人，感觉一定相当好。可以随心所欲，做出所有粗鲁的行为，而让别人为此感到内疚，好像是别人做了错事似的：这是多大的成功啊！

谈话开始时，我的那种不可多得的自然很快就消失了。我仍然打肿脸充胖子，一个人不停地谈论着天知道是什么理论，但我心里清楚地知道自己已经坚持不住了。

这难道是我的想象吗？我似乎看见邻居的脸上闪过一道表情，我可以用这几句话来解释："你为什么感到这么痛苦？我赢了，这一点，你不可能不知道。我每天都在你家客厅里坐上两个小时，光是这一点就可以证明。你滔滔不绝，不管你说得多么天花乱坠，你都不得不承认这一明显的事实：我在你家里，我在烦你。"

六点钟的时候，他走了。

我无法入眠。朱丽叶发觉了，她一定猜到了我在想什么，因为她说：

"你今天下午太棒了。"

"我当时是这样想的，但现在不那么肯定了。"

"你的那些哲理思考，是想让他明白他是个讨厌的人！我差点都要鼓掌欢呼了。"

"也许吧，但这有什么用呢？"

"让他感到惊讶。"

"那种人不会感到惊讶。"

"你应该已经发现，他无法回答你的问题。"

"你应该已经发现，尴尬的是我们，而不是他，没有任何东西能使他感到尴尬。"

"你怎么知道他心里在想什么呢？"

"就算发生了什么事，也丝毫没有改变我们面临的问题：不管怎么样，他就坐在我们家的客厅里。"

"总之，我感到很有趣。"

"那好吧。"

"明天，一切都会重新开始吗？"

"是的，因为他没有任何别的事情可做。我不认为你的和蔼亲切和我滔滔不绝的博学演讲能使他不再来。不过，这至少让我们开心了。"

我们是这样认为的。

害人的好处在于它能把人倒逼到死胡同里。从来没有内省
过的我，惊奇地发现自己在探究内心，似乎想从中找到一种
尚未开发的力量。

我没能找到任何力量，却因此得知了关于自己的很多事
情。比如说，我不知道自己是个胆小鬼。我在中学里当了四十
年老师，从来没有被起哄过。学生们尊敬我，我觉得自己享
有某种天生的权威，于是便错误地认为自己属于强者。事实上，
我只属于文明人。有了文明，便拥有一切便利，但只要遇到
一个粗人就可以看到自己的权力是多么有限。

我寻找着对自己有用的回忆，却发现了许多对自己无用的
记忆。精神具有一些难以理解的保护系统。当人们向它求助的
时候，它不但不帮人，反而只呈现出一些美丽的景象。说到底，
它并没有错，因为，如果你不能摆脱困境，这些美丽的景象
就是一种暂时的拯救。所以说，记忆就像是在沙漠里卖领带
的商人："要水？没有。不过，如果您要领带，我这里有的是。"
在我这种情况下，就是："如何摆脱一个讨厌鬼？不知道。不过，
回忆回忆秋天的玫瑰吧，几年前，您还那么喜欢……"

十岁时的朱丽叶。我们都是城里的孩子。我太太十岁时，
她的辫子是全校最长的，其色泽可与皮革相比。我们已经结

婚四年。全世界人民都承认我们的婚礼，首先是我们的父母，尤其是我的父母，他们很开明。

他们有时邀请我未来的妻子睡在家里——相反的事情可从来没有发生过，因为她父母认为"太早"。这种约束使我感到很困惑，他们不是不知道他们的女儿经常到我家来过夜。所以，违反规矩的事情在我家是允许的，在她家却是不允许的。我觉得这事挺怪，但从来未置一词，怕伤害朱丽叶。

我的父母并不是很有钱：我们家里只有淋浴没有盆浴，所以浴缸对我来说是奢侈的同义词。浴室里没有暖气，我一直不明白我那时为什么那样喜欢洗澡。我和朱丽叶结婚后就一起洗澡，我一点都不觉得有什么难为情的。妻子的裸体是一种自然现象，就像下雨和夕阳一样，我从来不觉得它有什么淫秽。

只是冬天有点麻烦。晚上，我们睡觉之前都要一起淋浴。必须在那个冰冷的浴室里脱衣服：那是一场考验。我们每脱一件衣服都会冻得大叫一声，因为越脱越冷。当我们像玻璃蛇一样一丝不挂时，我们会痛苦地长喊一声：冷啊！

我们钻进浴帘里面，我拧开水龙头。水流了出来，起初很冷，这又引起了新一轮大叫。我未到青春期的妻子裹着一件塑料布保护自己。突然，水龙头里喷出了一道滚烫的水流，我们尖叫着大笑起来。

我是个男人，应该由我去调节水温。这是一个艰难的任务，因为轻轻一碰水龙头，水就会由滚烫变得冰冷，或者相反。起码要摸索十分钟才能调出可以忍受的温度。在这期间，朱丽叶裹着无袖长衣般的塑料布，水温每变化一次她都害怕得又叫又笑。

水温调好后，我便向她伸出手去，让她来到我身边一起淋浴。塑料布松开了，露出了十岁女孩白皙消瘦的身躯和一头浓密的栗发。她美得让我喘不过气来。

她缩着身子来到了水流下，发出了快乐的叫声，因为水温被我调得恰到好处。我捧住她的长发，把它弄湿。看到她的头发遇水后变小了，我有些惊讶。我紧紧地抓着它，似乎想把它拧成一道绳。这时，我看到了她狭窄的背，她的背很白，肩胛突出，像两只收拢的翅膀。

我拿起一块香皂，搓着她的头发，直到她的头发冒出泡沫。我把泡沫聚拢在她的头顶，搅拌着，做成了一顶比她的脑袋还大的王冠。然后，我又用香皂擦她的身体，当我的手摸到她双腿之间时，朱丽叶尖叫起来，因为她感到痒。

我们互相冲洗了几个小时，因为我们在热水下面觉得非常舒服，一点都不想离开。然而，得下决心了。我突然关掉水龙头，朱丽叶拉开浴帘，一股冷空气向我们袭来。我们异口同声地叫起来，冲向浴巾。

朱丽叶冻得脸色发青，我得给她按摩。她笑着，牙齿冷得直打架，说："我要死了。"她穿上长长的睡衣，命令我快上床，躺到她身边给她取暖。

我来到房间里，看见被褥里只露出她湿湿的头发，这是表明她存在的唯一迹象，因为她瘦小的身躯不足以让鸭绒被鼓起来。我钻进被窝，躺在她身边，看见她一脸笑容。"我冷！"她说。于是，我搂住她，抱得紧紧的，嗅着她脖子上温暖的气息。

所以，我关于童年的唯一回忆与冬天有关。人们也许会说它色情，但它不断地出现在我的脑海里，时而甜蜜，时而快乐：好像我需要被冻得痛苦不堪才能想起我太太十岁时可爱迷人的样子以及我享受它的方式。

我现在发现，那是我关于童年的最美好的回忆，也许是一生中最美好的回忆。

我着了什么魔，为什么需要别人的折磨才能从记忆中找到如此珍贵的东西？

朱丽叶的头发以前是白的，剪得很短。除了这点，她什么都没变。她身上没有一点衰老的痕迹。不过，她好像大病初愈，损失了羊毛般浓密的头发。

她剩下的头发，现在有种让人愉悦但显得有些做作的颜色：就像小孩稚嫩的屁股，白里带青。

可多么温柔啊！那种温柔在这个世界上是找不到的。与此相比，甚至连婴儿的茸毛都显得粗糙。天使的头发也不过如此。

天使没有孩子，朱丽叶也没有。她是她自己的孩子——也就是我的孩子。

您不知道日子过得有多慢。全世界的人都大叫时间过得飞快，其实不是这样。

尤其是在这个一月份，更不是这样。准确地说，一天中的每个时段都有其节奏：夜晚漫长而温柔，早晨短暂而充满希望。中午过后，会产生一种说不出来的忧虑，它将加快时间的进程，甚至让人感到眼花缭乱。四点钟的时候，时间就像陷入了泥潭，不动了。

事情被弄得很糟：分配给贝尔纳丹先生的时段，最后成了我们一天当中最主要的内容。我们不敢承认这一点，但我们敢说，在这一点上，我们的意见是一致的。

　　我曾扮演了一个勇敢者的角色。因为我们的客人强行闯入却一言不发，我跟他滔滔不绝、卖弄自己的学问不是很符合逻辑吗？滔滔不绝是为了自己不感到厌烦，而卖弄自己是为了烦他。

　　我得承认我从中得到了乐趣。我平时很少当众说话，从此以后却被迫当众说很多话——如果可以把这个医生称作众人。我当过教师，这一经历对我有帮助，但有一种本质的区别：在中学里，我努力吸引学生们的注意力；在客厅里却恰恰相反，我尽量表现得可憎可恨，让人讨厌。

　　我由此发现了一个不容置疑的事实：让人讨厌比让人喜欢要有趣得多。在课堂上，当我想生动地描绘西塞罗①的形象时，我在心里就忍不住想打哈欠。而把我博学的知识灌输给折磨我的人，让他消化不了时，我不禁欣喜若狂。我现在终于明白了为什么做讲座的人几乎总是那么让人讨厌。

　　由于刚刚学做讨厌鬼，我有时会不知所措。我尽力而为。一天，我刚刚谈了一个小时的赫西奥德②，头脑里突然一片空白。我不知着了什么魔，突然鲁莽地问：

----

① 西塞罗（前106—前43），古罗马政治家、雄辩家、哲学家。
② 赫西奥德（约前8世纪），古希腊诗人，作品有《工作与时日》。

"贝尔纳丹太太呢？"

我的邻居过了好一会儿才反应过来，现在，我总算能理解他了：五秒钟前还在说赫西奥德，现在却有人问起他太太来，他有点无言以对。

他没有回答我，只是愤怒地看着我。但我不再生气了，因为我已经意识到一个普遍的事实：帕拉墨得斯老是生气。

我接着说：

"是的。我们每天都接待您，您知道我们是多么快乐。如果您太太也能屈尊陪您一同前来，我们会感到更加高兴。"

事实上，我心里在想，他的另一半的出现并不会使情况有任何改变。我的客人似乎对我的建议并不感冒，我觉得这就更妙了。

"我知道您是个有名的细心人，帕拉墨得斯。明天下午带她一起来喝茶或咖啡怎么样？"

沉默。

"如果有个女伴，朱丽叶会很高兴的。您太太叫什么名字？"

他想了十五秒钟。

"贝尔纳黛特。"

"贝尔纳黛特·贝尔纳丹？"

我傻笑起来，为自己的粗俗感到高兴。

"帕拉墨得斯·贝尔纳丹和贝尔纳黛特·贝尔纳丹。一个奇异的名字和一个常见但重复的名字结合在一起，真是太妙了！ ①"

这时，发生了一件意想不到的事情。

我们的邻居表态了："她不会来。"

"啊，对不起，我惹您生气了！请原谅。你们的名字真是起得太好了。"

"不是因为这个。"

他很少这样说话。

"她病了？"

"没有。"

我意识到了自己的鲁莽，可为此感到高兴。我接着问：

"您跟她相处得好吗？"

"好。"

"既然如此，那就简单点，帕拉墨得斯！好了，就这样定了。为了迫使您把您的太太介绍给我们，我们不请你们喝茶

---

① 在法语中，"贝尔纳丹"和"贝尔纳黛特"分别为一个名字的两种形式，前者用于男性，后者用于女性。

了，而是请你们明天晚上八点陪我们吃晚饭。您不会不知道，拒绝宴请是很不礼貌的。"

朱丽叶从厨房里走出来，惊恐地望着我。我用目光安慰她，毫不犹豫地一口气说：

"只是，由于这个机会如此宝贵，我们必须做些准备，所以，亲爱的帕拉墨得斯，我们请您明天下午不要到我们家里来。这次，我们等着晚上见。"

朱丽叶转身回厨房去了，想掩饰自己的大笑。

贝尔纳丹先生很沮丧。也许是因为这个原因，神奇啊！六点差五分他就走了。我高兴坏了。

他的失态和我们无礼的邀请，使我和我太太笑得好久都直不起腰来。

"其实，埃米尔，我们应该天天晚上请他们，这样我们下午就自由了。"

"这是个办法。不过让我们等等吧，看看贝尔纳黛特·贝尔纳丹有多大的魅力。我猜一定是魅力无穷。"

"她不会比她丈夫更糟。"

我们真的迫切地想见到她。

凌晨五点，朱丽叶就醒了。这事弄得她太激动了，我不禁为她担起心来。

她带着六岁时的那种微笑，问我：

"我们是否为他们做一些难吃的东西？"

"不，别忘了我们自己也要吃的。"

"是吗？"

"否则还能怎么办？不管怎么说，这不是一个好办法。相反，最好夸张地摆一桌盛宴，让他们感到不自在。我们将穿上十分华丽的衣服，请他们吃极其精美的大餐。"

"可是……我们既没有宴会上穿的服装，也没有做大餐的食材。"

"这只是一种说法罢了。这场游戏的目的，是我们要对他们非常好。我们是对他们非常好。"

我们确实对他们非常好。客厅专门打扫了一番，擦得很亮。一下午我们都在准备晚餐。夜幕降临的时候，我们穿上盛装，要多不得体就有多不得体。

朱丽叶选择了一条黑绒毛的毛皮裙，突出了她苗条的身材。

有人说，准时是最大的礼貌。但如果准时成了唯一的礼貌，那会怎么样呢？我们的邻居就是这样。他来得总是很准时，一分钟不差。

八点整，有人敲门了。

贝尔纳丹先生让我们感到消瘦而多话了。他瘦了？学会说话了？根本不是这样。

只是，我们见到了他的太太。

很久以前，我们去看过费里尼①的《爱情神话》。朱丽叶一直紧紧地抓住我的手，不敢松开，好像我们看的是《活死人归来》②似的。当两性人在洞穴里出现的时候，我想她都害怕得想离开放映厅了。

当贝尔纳丹太太进来时，我们都停止了呼吸。她就像费里尼影片中的人物那么可怕。不是因为她像那个人物，远远不是，而是她几乎不像个人。

邻居跨进我们的门槛，然后把手伸向外面，他从外面慢慢地拽进一个什么巨大的东西。那是一大团肉，穿着一件裙子，或者说那团肉被包在一块布里面。

---

① 费里尼（1920—1993），意大利电影导演，早年致力于开创新现实主义电影运动，后转向以"生活流"和"意识流"的手法表现现代社会中的人的精神危机。
② 美国电影导演丹·欧班农 1985 年拍摄的一部恐怖片。

必须把事情弄清楚。由于没有别的东西和医生在一起，所以可以得出如下结论：这个鼓鼓囊囊的东西就叫贝尔纳黛特·贝尔纳丹。

事实上，我说得不对："鼓鼓囊囊"这个词用得不合适。她肥肥胖胖，皮肤太白、太光滑了，用这个词来形容这类庞然大物显然不妥当。

一个囊肿，这个东西是个囊肿。夏娃是从亚当的一根肋骨里提取出来，贝尔纳丹太太也许是长在她丈夫肚子上的囊肿。有时，医生能从病人肚子里摘除一个比病人本身重两倍甚至三倍的囊肿。帕拉墨得斯娶了人们摘除的一团肉。

当然，这种解释完全是我刻意编造的。然而，不管怎么说，它比那种"合理"的说法更真实：这团囊肿有一天会成为一个女人——甚至有人请求跟她结婚——不，有头脑的人不能接受这种可能性。

现在不是考虑这些问题的时候：必须在家里接待这对夫妇了。朱丽叶表现得十分勇敢，她走到那个囊肿面前，向她伸出手去，对她说：

"亲爱的夫人，见到您太高兴了！"

让我大吃一惊的是，这团肉竟伸出一只肥胖的触手，让我太太的手指碰了碰。我没有勇气跟着模仿，只把那两个沉重的东西带到了客厅。

那位夫人躺坐在沙发上，先生则坐在他的那张椅子上。他们不再动弹，保持着沉默。

我们不知所措，尤其是我，我是这场入侵的始作俑者，对于来到我们家中的这两个肥胖者，我不知道该拿他们怎么办。要知道，我当初提出这个建议，是想难为难为我们的邻居！

贝尔纳黛特没有鼻子，在她长鼻孔的地方只有两个黑洞似的东西，黑洞上方有两条细细的缝，里面装着眼球：也许那就是她的眼睛，但谁也不敢肯定它们看得见东西。最让我感兴趣的是她的嘴：人们会说那是章鱼的嘴。我在想那个口子是否能发出声音。

我彬彬有礼地跟她说起了话，自然得连我自己也觉得惊讶：

"亲爱的夫人，您想喝点什么？基尔酒？来点雪莉酒？葡萄酒？"

这时，发生了一件可怕的事情：那团东西向她丈夫转过身去，含糊不清地吐出几个音。帕拉墨得斯似乎懂得那些咕噜声，翻译道：

"不要酒！"

我有些尴尬，但仍坚持道：

"来点果汁？橙汁、苹果汁、番茄汁？"

又是一串嘀咕声，翻译转述道：

"一杯牛奶。要热的，不要放糖。"

局促不安了十秒钟后，他又补充说：

"我要一杯基尔酒。"

我和朱丽叶很高兴有机会能躲到厨房里。热奶的时候，我们都不敢对视。为了缓和气氛，我轻声说：

"要不要把奶放在奶瓶里？"

白头发的小女孩笑得直不起腰来。

当我把杯子递给贝尔纳黛特的时候，那只肥胖的触手碰到了我的手。我的脊背一颤，心里感到一阵恶心。

但这算不了什么，当牛奶杯放到她嘴边的时候，我恶心得连下巴都歪了。那个口子合拢了它所谓的嘴唇，开始吸起来。牛奶一口就被吸光了，但分几次才吞下去，每次吞咽都发出一种响声，就像有人正在用橡胶吸盘在吸阴沟里的东西。

我被吓坏了。快，说话呀，说什么都行。

"你们结婚多久了？"

如果我们让潜意识流露出来，那一定是非常无礼的。

十五秒后，那个当丈夫的回答说：

"四十五年。"

和这个囊肿生活了四十五年！我开始理解这个男人的精神状态了。

"比我们还长两年。"我说。我非常赞赏这种长久的夫妻生活。

我觉得我的声音听起来很虚假，于是，便再也控制不了自己的语言了。我提出了这个可怕的问题：

"你们有孩子吗？"

话一出口，我便诅咒起自己来。与这种东西……生孩子？然而，贝尔纳丹先生的反应还是让我大吃一惊。他气愤得脸都红了，狂怒地说：

"你已经问过这个问题了！第一天就问了！"

他愤怒得喘不过气来。显然，让他失控的不是我欠考虑的残酷问题，而是因为他已经回答过这个问题。这一发作，使我意识到这个折磨我们的人有着超强的记忆力。当他发现第三者的记性出毛病时，这种本领就对他毫无用处了，除了使他生气。

我连忙道歉。沉默。我不敢再开口。我忍不住端详起贝尔纳丹太太来。从小大人们就教过我，不能盯着不正常的人看，然而，我实在是没办法。

我发现，这个东西，应该有七十岁了，其实没有年龄。她的皮肤——这么说吧，包裹着这团肥肉的膜——非常光滑，没有皱纹。在她的头上，有一头美丽的黑发，非常纯净，没有一丝白发。

我的内心轻轻地响起了一个邪恶的声音："是的，贝尔纳黛特就像新生儿一样稚嫩。"我咬紧嘴唇，拼命忍住大笑。就在这时，我发现一条天蓝色的丝带扎着她的几束头发，也许是帕拉墨得斯替她扎的。这种扮嫩终于使我忍不住了：我发出断断续续的笑声，可怜巴巴，一副病态。

当我终于停下来时，我看见贝尔纳丹先生不满地看着我。

可爱的朱丽叶跑过来救驾了：

"埃米尔，你去做晚餐好吗？谢谢，你真是个天使。"

当我回到厨房时，我听到她一个人长篇大论起来：

"你们是不是觉得我的丈夫很可爱？他就像对待公主一样对待我。从我六岁的时候就这样了。是的，我们相遇时，两人都是六岁。我们一见钟情，从此没有分开过。在共同生活的五十九年中，我们彼此都感到非常幸福。埃米尔是个聪明而极有教养的人。他应该可以厌烦我的。可他没有！我们只有美好的回忆。我年轻的时候有一头淡栗色的长发，都是他打理的：他给我洗头，给我梳头。从来没有一个希腊语、拉丁语教师有这么高超的理发技巧。我们结婚那天，他给我做了一个让人难以置信的发髻。拿着，看看这张照片。那时我们二十三岁。埃米尔真英俊啊！不过，他一直都这么英俊。你们知道吗，我还留着婚纱。我现在还会拿出来穿。我本想今天晚上也穿，但怕你们觉得奇怪。我也同样，夫人，我也没有孩子。我并不后悔。现在这个世道对年轻人太残酷了，而在我们那个时代，那要容易得多。我们俩只差一个月，他是一九二九年十二月五日生的，我是一九三零年一月五日。战争结束的时候，我们十五岁。我们的年龄没有更大，真是太幸运了！否则，埃米尔得上战场，他也许会牺牲。没有他我可活不下去。这一点你们明白吗？你们也是，一起生活了这么长时间。"

我走过去，伸出脑袋，想看看那一幕。朱丽叶激动地自言自语，折磨我们的那个人却目光茫然。至于那个女邻居，不可能知道她在干什么。

该吃饭了。让贝尔纳丹太太上桌是一场考验。椅子只能容纳她三分之一的身体，她巨大的身躯从椅子两端溢出来。她不会侧翻吧？为了防止这一灾难，我们把她的座位拉近桌边，靠得尽可能地近。这样，她的肉就被卡住了。不过，最好还是不要看她垂在餐巾上的肥肉。

这是一年前的事了，我已经记不清她是什么模样了。我只记得我们精心准备了晚餐，尽可能地丰盛。鲍鱼喂猪？比这更糟。两头猪什么都吃，不加选择，似乎吃得津津有味。

男邻居狼吞虎咽，边吃边皱眉头，似乎感到很恶心。他大口大口地吞，好像觉得食物很差。他没有对任何菜肴做出评论。吃饭的时候，他只说了一句话——对他来说长得有点惊人：

"你们这样吃当然瘦！"

这话让我们气极了，我差点要回答说，他们只剩给我们这么一点东西，我们根本没有什么可吃的了，但我还是明智地把话吞了回去。

贝尔纳丹太太的动作非常慢。我想是否应该帮助她切肉，但她要自己来。事实上，她用嘴代替了刀。她把巨大的肉块凑到口子边，鸟喙一样的双唇叼走了一团肉。然后，触手慢慢地降下，把剩下的东西放在碟里，就像一尊进餐的雕像。

这种芭蕾般的缓慢进食动作有它的可爱之处，后来是她的嘴巴所制造的东西让人恶心，这我就不说了。

我们至少可以这样猜测：女邻居也许吃得很开心，这不是不可能，而她丈夫一脸苦相。

天知道我们怎么会把菜做得这么难吃，但他还是把盘里的东西都吃完了，好像在说："总得有人把它吃完。"

朱丽叶一定是和我想到一起去了，因为她也提出了这个问题：

"先生，你们通常吃些什么？"

他思考了十五秒钟，然后说出了一个字：

"汤。"

所有的意思可能都包括在这个字里面了，但我们还是不怎么明白，于是便徒劳地追问："什么汤？牡蛎、水鸟、鱼、豌豆、通心粉、牛肉块、小块油煎面包、罗勒大蒜粉条、冷菜、笋瓜、奶油、芝士末、葱……？"我们得到的唯一回答还是刚才那个字：

"汤。"

而且是他做的汤。也许我们问得太多了。

甜点可怕极了。这是我唯一记得的食物，因为那是夹心巧克力酥球加上一杯融化的巧克力。看到巧克力，闻到香味，那个囊肿就兴奋起来，她想留下那杯巧克力，把夹心巧克力酥球还给我们。我和朱丽叶对这类建议一向很开明，我们尤其希望避免悲剧的发生。这时，贝尔纳丹先生前来干预了。

我们目睹了一场另类夫妻吵架。医生站起身来，威严地把几个夹心巧克力酥球放在老婆的碟子里，适量地倒了一些巧克力，然后把杯子放在她拿不到的地方。她所觊觎的东西一拿开，她就大叫起来，简直不像是人叫。她的触手使劲伸向那个杯子，医生抓住了杯子，紧紧地抱在胸前，坚定地说：

"不。你不能吃。不行。"

贝尔纳黛特尖叫起来。

朱丽叶轻声说：

"先生，您可以给她，我可以再融一点巧克力，很容易的。"

没人理她。贝尔纳丹夫妇的声音越来越大，他叫道："不！"她也喊叫着什么，好像是用方言说的。慢慢地，我们听清了一个字：

"汤！汤！"

原来，她以为那是平时所吃的另一种食物。我傻傻地说：

"不，夫人，这不是汤，而是调味汁。吃法不一样。"

那个囊肿也许觉得我太讲究了，讲究得可笑，所以叫得更响了。

我和朱丽叶真想走开，他们越吵越厉害，没有一点要停下来的样子。这时，帕拉墨得斯想起了一个就连所罗门①也想不到的办法：他拿走了杯中的匙羹，舔干净，然后一口喝光了巧克力，放下杯子，好像这巧克力罪大恶极似的。

囊肿发出最后一声叫喊，撕心裂肺：

"汤！"

接着，事情平息了，压下去了，折腾完了，她不再碰她的碟子。

我和妻子很生气。真混账！以教育这个可怜的残疾人要讲礼貌为借口，被迫舔掉自己不喜欢的调味汁！为什么不允许他太太得到一点快乐呢？我准备站起来，给那个可怜的哺乳动物弄一满杯巧克力酱，但我害怕那个折磨我们的人会有新的反应。

从这一刻起，贝尔纳黛特便博得了我们深深的同情。

晚餐后，我们把那个肉团似的女客人安顿在沙发上，医生则深陷在自己的椅子里。朱丽叶问他们要不要喝咖啡，先生说要，太太呢，她还在赌气，一声不吭。

朱丽叶没有强求，转身去了厨房。十分钟后，她端来三杯咖啡，还有一大杯巧克力酱。

---

① 所罗门，公元前10世纪以色列国王大卫的儿子。大卫死后，他继位为王，以智慧著称。

"喝点汤。"她把巧克力酱递给那个肉团，脸上露出亲切的笑容。

帕拉墨得斯的脸色从来没有这么难看过，但他不敢反对。我真想鼓掌欢呼：像往常一样，朱丽叶比我更勇敢。

囊肿大口喝下了巧克力酱，非常享受地发出牛饮般的声响。让人恶心，我们却感到非常高兴，尤其是她丈夫生气了，这让我们更加兴奋。

我一个人滔滔不绝地谈起巴门尼德①在创造哲学词汇方面所起的作用。我显得很讨厌，很让人疲乏，困窘而冷漠，但一切都白搭，我的客人们没有任何愤怒的表示。

慢慢地，我明白了，他们喜欢我的多言癖，不是因为他们对此感兴趣，而且因为这使他们昏昏欲睡。贝尔纳丹太太不过是个巨大的消化器官，从我的嘴里发出来的单调的声音使她显得格外安静，那正是内脏所梦寐以求的。女邻居度过了一个美好的夜晚。

十一点整，医生把她从沙发上拉起来。如果说法国人的词汇中没有"不可能"这个词，贝尔纳丹的词汇中也没有"谢谢"

---

① 巴门尼德（约前515至前445），古希腊哲学家，埃利亚学派的主要代表之一，有用散文诗体写成的哲学著作《论自然》。

这个词。这个时候，反而是我们想谢谢他们，因为他们离开了。

他们只待了三个小时，如果是一般的客人，会让我们觉得是受到了侮辱，而和贝尔纳丹夫妇一起度过的这三个小时则让人感到双倍受辱。我们疲惫不堪。

帕拉墨得斯在夜幕中走远了，拖着他死人一般沉重的妻子，就像一个船员拖着一艘驳船。

第二天上午，我们醒来时心情非常不好，觉得自己犯了一个错误。什么错误？我们不知道，但我们不怀疑我们将忍受其后果。

我们不敢说出来。把昨晚的碗碟洗掉，我们觉得对我们有好处：可怜的士兵们喜欢令人乏味的任务，因为它们能使人心情平静。

下午，我们俩还是没说一句话。朱丽叶看着窗外，首先开口，声音毫无情绪：

"你是否认为他娶她的时候，她就已经是这样了？"

"我也在这样问自己。看到她，我就觉得她从来就不曾正常过。而且，如果她……早就这样，他为什么要娶她呢？"

"他是医生呀！"

"如果是这样的话，专业意识就太差了。"

"有时会发生这样的事的，不是吗？"

"必须承认，这种假设的可能性仍然极小。"

"这么说，贝尔纳丹先生是个圣人。"

"一个滑稽的圣人！别忘了巧克力酱的事。"

"巧克力酱，是的。如果四十五年来，整天对着这样的人，你也许会变的。"

"也许正因为如此，他才这么不会说话。如果四十五年一直不说话……"

"可她没有不说话。"

"她有表达能力，这是肯定的，但不可能与人进行对话，这你已经看见了。事实上，一切都很清楚：贝尔纳丹之所以天天来这里深陷在沙发里，那是为了躲避他太太。他之所以变成了那样的粗人，是由于与她为伴——只与她一个人为伴。他之所以每天在我们家里赖上两个小时，那是他身上人性的东西需要人性。我们是他最后的救生板：没有我们，他也会变得像他的另一半一样。"

"我现在开始明白了，我们先前的房东为什么搬走了……"

"对呀，他们在这个问题上总是支支吾吾……"

"主要还是我们不想知道。我们爱上了这座房子。如果有人告诉我们说，地窖里有老鼠，我们会捂住耳朵。"

"我宁愿有老鼠。"

"我也是。世界上有灭鼠人，却没有灭邻居的人。"

"而且，用不着跟老鼠聊天。不得不跟人聊天，这是最糟糕的事情。"

"对我们来说，是从头到尾自言自语！"

"是的。没有任何合法的方式让自己不受这类侵害，想起这点就感到可怕。公平地说，贝尔纳丹先生还算是个理想的邻居，他不多话，我们至少可以这样说。不该做的事他绝对不做。"

"尽管如此，他还是差点敲破我们家的门。"

"如果他真的敲破了我们家的门就好了！那我们就有充分的理由报警了。现在，我们什么理由都没有。如果我们对警察说，帕拉墨得斯每天在我们家赖上两个小时，他们会笑我们的。"

"我们不给他开门，警察不会不让吧？"

"朱丽叶，这个问题我们已经谈过。"

"让我们再谈一谈。我准备不再给他开门。"

"我怕我做不到。《圣经》中有句话说：'如果有人敲你家的门，你要开门。'"

"我还真不知道你是这么虔诚的基督徒。"

"我不知道自己是不是，但我知道如果有人敲我家的门，我不可能不开。太根深蒂固了。只有天生的东西是不可逆转的，当然有些后天养成的性格也无法改掉。这是公民的基本反应。比如说，我无法不向人问好，无法不和别人握手。"

"你觉得他今天还会来吗？"

"我们打赌？"

我神经质地笑了笑。

有人敲门，不早不迟，刚好是四点整。

我和朱丽叶交换了一下目光，就像竞技场上被投到狮口的第一批基督徒。

贝尔纳丹先生把大衣递给我，径自在自己的椅子上坐下。一时间，我还以为他不高兴了呢！但不一会儿，我就想起来他每天都是这副面孔。

面对着他，我没法不装模作样：这是一种基本的自我保护机制。我装出经常出入社交界的样子，问：

"您不带您可爱的太太来了？"

他狠狠地瞪了我一眼，我假装没看见。

"我和我太太都喜欢贝尔纳黛特。现在，我们都已经认识了，您应该毫不犹豫地带她来。"

我是真心的：如果我们不得不忍受这个折磨我们的人，我觉得有他的另一半陪同似乎会更有意思。

帕拉墨得斯眼睛瞪着我，好像我是最没有礼貌的人。他又让我有些不知所措了，我嘀咕道：

"真的，我向您保证。她——与众不同，这没关系。我们很喜欢她。"

他终于悲伤地回答了我：

"今天早晨，她生病了！"

"生病？可怜的人啊，她怎么了？"

他吸了一口气，以便吐出一句得意的、带有报复性的话来：

"吃了太多的巧克力酱。"

胜利的目光：他太太生病了，他很高兴，因为这给了他一个指责我们的绝好机会。

我装作不明白，说：

"可怜的人啊！她的身体太脆弱了。"

他宣判了我们十五秒钟。

"不，她不虚弱，而是你们的食物太腻了。"

显然，他已决定向我们挑战。我是个软蛋，想躲避：

"别误会。您知道，女人是非常精密的机器……是中国瓷器！心里一激动，肚子就不消化了。"

想到我把那个魔鬼当作中国瓷器，我就忍不住想笑。我们的邻居却不觉得这有什么好笑，我看见他的胖脸涨得通红，他气愤极了，破口大骂：

"不！是你们！是你的太太！是巧克力酱！"

他愤怒得喘不过气来，扬起下巴，以示他的指责无可辩驳。

尽管如此，我还是没有请求他原谅，我机智地笑着说：

"哦，这没关系，嫁给了一个大医生……"

他的脸又涨红了，摇着头，但不知说什么好。

"亲爱的帕拉墨得斯，给我讲讲您是怎样遇到您太太的。"我像是个打高尔夫球的人，问。

我的问题好像太过分了，他差点破门而出。唉，我把自己的主观愿望当作客观事实了。他最后嘀咕道：

"在医院里。"

我猜得一点没错，但我还是装傻：

"贝尔纳黛特是护士吗？"

他蔑视地沉默了十五秒钟。

"不是。"

我忘了不应该让他有机会使用他最喜欢使用的两个词之一。他说完这个"不"字，我尽管费了九牛二虎之力，还是套不出关于他结识他太太的任何故事。

他平静下来，慢慢地，意识到自己胜利了。当然，他被我们置于十分棘手的境地，我们迫使他向我们展示他的妻子，我们不顾他不许太太吃巧克力的禁令，这等于挑战他当丈夫的权威。

不过，说到底，胜利的是他，这毫无疑问。要在这场无情的斗争中取胜，聪明、机灵无济于事，有幽默感、满腹经纶也毫无用处。要取得胜利，得看谁更沉重、更冷漠，给别人的压力更大、更无礼、更空虚。

空虚这个词也许最能概括他的特征。贝尔纳丹先生很胖，所以也更空虚：由于他胖，他便有更大的空间来容纳他的空虚。世上的万物都是如此：欧洲草莓、蜥蜴和格言体积很小，所以意味着充盈，而大南瓜、蛋奶酥和开幕典礼的致辞，由于虚空而显浮肿。

虚空的权力是可怕的，这一点太让人担心了。它遭到了法律无情的反对。比如，虚空拒绝善：它顽强地挡在善的路上，而等着恶的来临，好像它与恶是老朋友，好像双方很高兴能互相见面，一起聊聊往事。

如果说水有记忆，虚空为什么就没有记忆呢？它有一种排斥善的记忆（"我不认识你，所以我不喜欢你，我不明白这有什么不同"），保有经常与恶来往的记忆（"亲爱的老友，你经常来我家，留下了那么多痕迹，你在这里就像在自己家里一样"）。

当然，有些人总是说，善与恶并不存在。那是因为这些人从来没有跟真正的恶打过交道。善的战斗力要比恶弱得多：因为它们的化学结构不一样。

善如同金子，自然界从来没有纯粹的善，所以，觉得善不怎么样是正常的。它有一个令人生气的习惯，就是什么都不做，只喜欢抛头露面。

而恶则像煤气，很难看见它，但能闻得到。它往往处于停滞状态，成片分布，让人窒息。开始的时候，人们总以为它是无害的，因为看不见它。后来，人们根据它的活动来判断它，发现了它所占领的地盘和它所完成的工作。人们却倒地身亡，因为已经太晚。煤气已经排不出了。

我在词典中读到："煤气的特性是能膨胀、柔软、可压缩、滞重。"人们还以为这说的是恶呢！

贝尔纳丹先生不是恶，他是一个巨大的空，里面沉睡着邪恶的煤气。我起初还以为他毫无活力，因为他几小时什么都不做。但这只是一个表面现象：事实上，他正在摧毁我。

六点钟，他走了。

第二天，他四点又来了，六点又走了。

第三天，他还是四点到，六点离开。

天天如此。

有的人是"五到七"，这是对那些下流约会的婉转说法，我建议用"四到六"来指相反的事情。

"不管怎么样，他娶了一个护士。"

"这一情节能减轻他的罪行吗？"

"请想象一下和这个女人一起会过着什么样的生活。"

"我想让你读读《危险的怜悯》①。"

"埃米尔，书籍不是万能钥匙。"

---

① 奥地利作家茨威格（1881—1942）的小说。

"当然不是。但书籍也是邻居——梦想中的邻居，你呼唤它的时候它才来，如果你不想再见到它，它就离开了。比如说茨威格就是一个邻居。"

"这个邻居，他对你说了些什么？"

"他说，有正确的怜悯，也有不正确的怜悯。我不敢肯定怜悯贝尔纳丹先生是正确的。"

"我们有权评判他吗？"

"对于那样一个人，我们拥有一切权利。难道他有权每天在我们家里赖上两个小时吗？"

"尽管如此，我还是想说，他当初娶贝尔纳黛特应该是出于大度。"

"那天晚上，你没看见他是怎么对待她的吗？你觉得这就叫大度？光照顾一个残疾的女人并不足以当圣人。"

"圣人当然算不上，但他是个善良的人。"

"他不是一个善良的人。没有很好地表达出来的善良不是善良。"

"如果他没有娶她，她会怎么样？"

"我们对四十五年前她是什么样的，一无所知。总之，没有他，她不会更加不幸。"

"而他四十五年前又是什么样的呢？我无法想象他也曾年轻过、消瘦过。"

"他也许从来就没有消瘦过。"

"但他年轻过，你不觉得吗？"

"有的人从来没有年轻过。"

"不管怎么样，他学过医！他会是一个头脑迟钝的人吗？"

"我最后会这样认为。"

"不，这不可能。我宁愿相信他老得很惨，这是有可能的。说说我们自己吧，五年后，我们会怎么样呢？"

"有一件事是肯定的：你不会像她那样。"

朱丽叶笑了，吼叫起来：

"汤！汤！"

我在半夜里醒了过来，意识到一个很明显但我还不敢说出来的事实：贝尔纳丹先生是神话中的讨厌鬼。

毫无疑问，我们已经知道他是个讨厌鬼。但这还不够，许多人都可以被叫作讨厌鬼，但我们的邻居是一个彻头彻尾的讨厌鬼。

我回忆起我所知道的古代神话和现代神话中的人物，世界上可能有过的所有同类的人物都出现了。所有的人都在那里，除了作为原型的那个讨厌鬼。其中有让人生气的家伙，有咄咄逼人的饶舌者，有可气的诱惑者，有碍手碍脚的女士，有讨厌得恨不得把他们从窗口扔出去的孩子。然而，没有一个人像这个折磨我们的人。

我有幸遇到了这个除了来厌烦别人，没有任何活动，也没有任何存在理由的人。他是医生？我从来没有看见他给谁治过病。把一只手放在朱丽叶的额头上或不让贝尔纳黛特喝巧克力酱并不等于行医。

事实上，贝尔纳丹活在世上就是来烦人的，他没有任何生活乐趣，这就是证明。我已经发现了：他的整个人都让人不愉快。他不喜欢喝，也不喜欢吃，不喜欢在大自然中散步；他不喜欢说话，也不喜欢听别人说话；他不喜欢读书，不喜欢看美丽的东西，什么都不喜欢。最糟糕的是，他甚至没有乐趣来烦我：他这样做是身不由己，因为那是他的任务，但他从中得不到任何快乐。他好像觉得烦我也是一件让人厌烦的事。

但愿他能像过去那些嬉皮士一样，在烦别人的过程中得到一种邪恶的快乐！想到他能感到快乐，我会得到一些安慰。

就这样，他在破坏他自己的生活的同时，也破坏了我的生活。这是一场噩梦。更糟的是，最可怕的梦也有个结束，我的痛苦却永远没有尽头。

我考虑过未来：情况没有任何改变的理由，我看不到未来会有什么结果。

如果这座房子不是真正的房子，我们可能会离开，但我们太喜欢这片林中空地了。如果摩西①来得及在希望之乡住下来，任何贝尔纳丹都无法让他离开。

人生的终结还有另一种可能，那就是死亡。如果我们的邻居自然死亡，那就十全十美了。可是，他尽管已经七十岁，而且那么胖，但好像没有要死的迹象。医生的寿命是不是要超过一般的人？

最后一种可能也是朱丽叶不停地建议的：不再接待他。当然，我早就应该这样做。这很明智，也很合法。如果我不是一个可怜而胆小的小教师，我也许会找到力量的。可惜，人不能选择自己的出身，我并没有选择当胆小鬼，我是被迫的。

可笑的是，我认为，这就是命运了。如果你不喜欢神话，你就不会教四十年的希腊语和拉丁语。所以，在这机缘当中，

---

① 摩西，《圣经》中犹太人的古代领袖。

如果这不是一件公正的事，起码也是符合逻辑的事：我，一个哲学教师，遇到一个新原型①，是很合适的事情。

就像我是一个肝病专家，在生命即将结束的时候，得了肝硬化：总之，不幸的事情降临到了一个合适的人身上。

我笑着回到了床上，因为我刚刚明白了一个让人遗憾但很滑稽的事实：意义就在于安慰弱者。

当然，广大的哲学家们早就明白这一点。但别人的智慧对我毫无用处。当飓风（战争、非正义、爱情、疾病和邻居）来临的时候，我们总是那么孤独，非常孤独，刚刚生下来便成了孤儿。

"我们是否去买台电视机？"

朱丽叶差点把咖啡壶打翻。

"你疯了？"

"不是为我们自己，而是为他。这样，当他到这里来的时候，我们就坐在电视机前，那我们就安静了。"

"安静，面对那可怕的噪声？"

---

① 原型，是瑞士荣格用语，指由人类基本的、普通的经验构成的原始意象。新原型，这里指不同于以往见到的人的贝尔纳丹先生。

"别夸张了。声音很讨厌，但并不可怕。"

"不，这个办法很不好。有两种可能性：要么贝尔纳丹先生不喜欢电视机，他会比以前更不满，但不会因此而离开；要么他喜欢电视机，他会每天四个小时、五个小时、七个小时待在我们家里。"

"可怕啊！我没有想到这一点。如果我们送他一台电视机呢？"

她大笑起来。

就在这时，电话铃响了。我们恐惧地对视了一眼，我们在这房子里已经住了差不多两个月，还没有接到过一个电话。

朱丽叶结结巴巴地说：

"我想是……"

我大骂起来：

"当然是他！除了他还有谁？四到六点还不够！现在，从吃早饭的时候就开始了！"

"埃米尔，求求你了，别接。"朱丽叶哀求道。

她脸色苍白。

我发誓我并不想接电话，但跟他敲门时一样，我无法控制住自己。我感到非常难受，好像要窒息，而铃声又没完没了！

打电话的肯定是他。

我羞愧到了极点，歇斯底里地冲向电话机，拿起听筒。我看着朱丽叶，她用双手蒙着脸。

我们以为电话是那个胖子打来的，我听到的却是一个年轻女性悦耳的声音。当时，我甭提多吃惊了。

"阿泽尔先生，我没有吵醒您吧？"

我突然缓过气来：

"克莱尔！"

我的太太跟我一样又惊又喜。克莱尔是我四十年来最好的学生，前一年通过了中学毕业会考，我们把她当作自己的孩子。

小克莱尔向我解释说，她刚刚拿到了驾驶证，买了一辆行驶稳定性良好的二手车，希望能开车来看望我们。

"当然可以，克莱尔！没有比这更让我们高兴的事了。"

我告诉了她怎么走，她说她将于后天下午三点左右到达，我正高兴着，突然想起了贝尔纳丹先生。

可是，那个年轻的女孩已经跟我说再见了。我来不及跟她另约时间，她像燕子那么迅速地挂上了电话。

"她后天来。"我半喜半忧地对朱丽叶说。

"星期六！真让人高兴！我真怕再也见不到她了！"

朱丽叶欣喜若狂，我鼓足勇气补充说：

"她下午三点到。我想跟她另外约个时间，但她……"

"啊。"

她的高兴劲儿减弱了一点，但还是笑着说：

"谁知道呢？也许他们相遇会很有意思。"

我在想她是否真的相信自己说的话。

克莱尔是另一个时代的女孩。我这样说并不是因为她在年轻时学习拉丁语和希腊语，要摆脱她的时代并不一定要学那些古怪的东西。她的脸太温柔，温柔得使她的同代人都不觉得她漂亮，她常常脸上挂着笑，以至于年轻人都认为她没头脑。

她把塞涅卡 [①] 和品达 [②] 的作品译成典雅而精致的法语，她甚至好像没有意识到自己的这种才能，但她的同学们意识到了，并把这种奇才作为依据来蔑视她。我经常发现，女生们不喜欢聪明的人。

克莱尔威严地无视这一切。我和她建立起了一种真正的友谊。她的父母都是很本分的人，老是指责她对古代语言的爱好：

[①] 塞涅卡（约前4—后65），古罗马哲学家、戏剧家，曾任尼禄帝之师。
[②] 品达（约前518—前442或438），古希腊抒情诗人。

如果她选择一些实用的科目，比如说会计学和秘书学，他们将多么高兴啊！学习一门已经死了的语言，他们觉得是浪费时间，那是他们所能想象得到的最让人沮丧的浪费，而且她一学就是两门！

我曾邀请克莱尔午餐。那年，她应该是十五岁。朱丽叶一下子就喜欢上了她，这是双向的。我们觉得当她的父母年龄太大了，所以把她当作我们的孙女。

于是，在我们三个人之间建立起了一种极其亲密的联系，克莱尔成了我们在外面的世界里唯一重要的人。

她的名字非常美妙，"克莱尔"散发出一种奇特的光芒①，吸引着众人的目光。她属于那些不同凡响的人，只要出现，就足以让人感到幸福。

克莱尔现在十八岁了，但她没有变。我们有十来个月没有见到她了，可没有任何东西能损害把我们联结起来的这种深深的爱。

她总是叫我"阿泽尔先生"，而一见到朱丽叶，就对她直

---

① 克莱尔这个名字在法语中意为"光亮"。

呼其名。我并不感到生气：我的妻子不就是我的孩子吗？所以，
朱丽叶与这个年轻姑娘的距离就更近了。

　　克莱尔来到我们家刚十分钟，我们的脸上就放光了。这
并不仅是因为她告诉我们的事，更因为她的生存方式。她的
快乐让我们感到喜悦。她没有忘记我们，我们真是太高兴了。
我们对外面的世界漠不关心，但我们需要她。

　　有人敲门。已经四点了！我曾想把那场不合时宜的来访预
先通知这个女孩的，以便她能理解。

　　"哦，你们在等什么人？那我走了……"

　　"克莱尔，别！求你了。"

　　贝尔纳丹先生显得非常气愤，我们竟敢在属于他的时间里
接待其他人。当克莱尔带着甜蜜的微笑向他问好时，他从牙
缝中挤出几个字来。他的粗俗无礼使我和朱丽叶感到十分尴
尬，好像我们是罪魁祸首似的。

　　他仰躺在扶手椅上，不再动弹。克莱尔惊讶地看着他，
但显出一副可爱的样子，她一定以为他是我们的朋友，所以，
必须跟他说话。

　　"你们所住的地方非常漂亮！"她用银铃般的声音说道。

　　折磨我们的那个人似乎很焦躁不安，好像在想："难道我

要屈尊与一个胆敢在属于我的时间里赖在这儿的人说话？"

　　他懒得开口。我非常沮丧。克莱尔以为他耳背，便提高声音，大声重复了一遍她刚才所说的话。他看着她，好像她是个言语粗俗的女人。我真想扇他一个耳光，但最后只替他回答了这个问题：

　　"贝尔纳丹先生是我们的邻居，他每天四到六点到这里来。"

　　我以为克莱尔明白了这些来访的性质，我们显然成了这个折磨我们的人的牺牲品。可是，事情并非如此：那个年轻的女孩以为他真是我们的朋友，甚至以为是我们邀请他来的。一阵寒冷，无可救药的寒冷。年轻的女孩不敢再跟那个私自闯进来的人说话，此后只跟我们说话，但已经失去了她的自然和她轻松的语气。至于我和朱丽叶，我们愤怒得说话的时候神态都很不自然，微笑也显得很假。

　　真是可恶。

　　克莱尔没有坚持多久。快到五点钟的时候，她表示要走。我们想挽留她，她发誓说有约会，不能不去。

　　我一直把她送到汽车旁边。当我单独跟她在一起的时候，我马上就想把情况解释给她听：

"你知道，我们很难不接待他，他是邻居，但是……"

"他很可爱。对你们来说，这是个好伙伴。"克莱尔打断我的话，她不想让我尴尬。

我的话留在嗓子眼儿里没有说出来。平生第一次，有人用充满优越感、表示关心的语气跟我说话——是克莱尔，是我的孙女这样跟我说话！长期以来，我一直是她所喜欢的教师，她崇敬我，使我可怜的职业有了一种意义。可现在，她竟然用对待老人的这种可怜的温柔来对待我！

她握着我的手，露出一种可爱而忧伤的微笑，我看出了这种微笑的意思："好了，我不能指责您上了年纪。"

"你会回来的，不是吗？克莱尔，你会回来的？"

"当然，当然，阿泽尔先生。替我拥抱朱丽叶。"她回答说，并向我投来永别的目光。

汽车消失在森林中。我知道，我永远也见不到我的学生了。

当我回到客厅时，朱丽叶不安地问我：

"她会回来吗？"

我重复着那个女孩的回答：

"当然，当然。"

朱丽叶似乎放心了，好像还不知道语言的这种特性：在数学中，一加一等于二，而"当然"这个词重复两遍永远意味着否定。

贝尔纳丹先生却似乎明白了，因为我看见他黯淡的目光中露出了胜利的表情。

朱丽叶的呼吸平静了下来，她睡着了，我终于可以离开了。

我下了床，踮着脚尖下了楼梯。已经是后半夜了，我没有开灯，坐在那张被贝尔纳丹占为己有的可恶的椅子上。我发现由于承受了他的重量，椅子的中间已经凹下去了。

我试图替克莱尔设身处地想一想。不管她的心有多细，她也只能相信表面现象，我不应该怪她。

我把几个错误加了起来。如果我不对贝尔纳丹先生的到来做任何评论，克莱尔也许会明白那是个讨厌鬼。可我明确地说了他每天四到六点都来，所以，她最后归结为那个傻瓜是我们的朋友。

更严重的是，我还得感谢她这样想。她怎么能想象得到我会被别人侵犯呢？如果有人对她说，她所尊敬的老师无法对这样一个人关上门，她一定不会相信。她觉得我不会这样的。

最糟糕的是，我幸免于难，没受太大的损失！这应该开心才是的，我却差点要哭。我似乎听见了克莱尔的声音，她在大声地说："在那个年龄，人再也忍受不了孤独了，不想让自己产生被抛弃的感觉，宁愿有个伙伴，不管这个伙伴是多么讨厌。一个教我古代智慧的人，一个喜欢离群索居的人，一个尊重柱头修士西门①的人，竟沦落到如此地步！他曾对我说，他隐居乡下是为了逃避尘世的喧嚣，就像躲到伊普尔②的詹森③，而现在要每天邀请这个粗人到家里来做客。不过，做人要宽容，衰老是一种灾难，但我不想看到轮船沉没，我做不到。我尤其不愿再跟这种人在一起。我不明白朱丽叶怎么能忍受得了……我再也不去看他们了。我不愿让回忆受到损伤，而且，他们有了一个朋友，不再需要我了。"

我试图想让这个声音沉默下去。我诅咒自己。我送她上车时来得及向她解释就好了！可我当时是有时间的啊！我为什么失去了这个机会？

我平生第一次发现自己老了，是一个年轻女孩充满关爱的

---

① 修士西门（约390—459），又称长者西门，叙利亚人，基督教修士，传说他开创了住在高柱顶端冥想苦修的先例。
② 伊普尔，比利时古城。
③ 詹森（1585—1638），荷兰神学家，其《奥古斯丁书》是詹森主义的理论基础。

目光让我明白这一点的：明白了只能更可怕。

由于犯了错，我变老了。今天，我再也不能为自己的年龄辩解了：六十五岁，这不能再证明什么。所以，我只能怪自己。

是要怪自己。我的错误不管多么奇怪，都很让人看不起。我有一种奇怪的弱点，我觉得自己应该对此负责：我放弃了理想中的幸福和尊严。通俗地说，就是我同意别人来纠缠我。我毫无理由地接受了，什么理由都没有：我没什么可用来为自己辩解的。

这是老人的一种行为。我真该老了，因为我有了老人的举止。

而朱丽叶呢？如果说我有权让自己不幸，我又有什么权力这么不重视她的幸福呢？我牺牲了我所爱的人的利益而照顾我所蔑视的人，她却没少劝我，她的建议做起来是那么简单、那么容易：不开门就行了！不给侵略者开门，我难道就做不到吗？

我丝毫没有想到。我从来没有想到这么小的一个弱点会带来这样的后果。我应该承认，克莱尔的离去使我万箭穿心。这个年轻女子是在知根知底的情况下唯一尊重我的人，她甚至是在我眼皮底下长大的。希望自己被一个聪明人仰慕并不一定是虚荣，尤其是在接近晚年，而这个仰慕者又是一个年轻人的时候。

再说，如果你喜欢崇敬你的年轻女子，这个女子就会成为你最需要的人。克莱尔是外部世界中唯一肯定我的价值的人，只要她尊重我，我就会觉得自己是一个有价值的人。

那天晚上，我觉得自己可笑、平庸、缺乏尊严。我觉得自己一生都会这样。

我是外省一所中学里的小教师，四十年来，我教的是几门大家所看不起的已经死了的语言。为了自己的荣誉，我带着妻子远离了大众的快乐和我所得到的一点点便利。我在一个具有天赋的女学生心中所唤起的深深的敬意，现在再也没有了。在这个年轻人的眼里，我看到了自己现在的形象：一个可怜的老人。

我像契诃夫笔下的人物一样，看着窗外，喃喃道："一生都是失败，一生都是失败。"在这一点上，我的存在是平庸的，非常平庸，平庸得无以复加。

我深陷在贝尔纳丹先生坐出来的凹陷中，双手蒙住脸，哭了。

下午四点，毁了我的那个家伙来到我家。我忍受着他，就像忍受一场洪水。我没有对他说一句话。那天上午，我没有刮脸。

那两个小时，我都用来摸刺人的下巴了，心中产生了一种奇怪的感觉，觉得这胡子是从折磨我的人的肉体中长出来的。

六点钟的时候，他走了。

那天晚上，朱丽叶问我克莱尔什么时候回来。

"她不会再回来了。"

"可是……昨天，她对你说……"

"昨天，我请她回来，她回答说：'当然，当然。'这意味着不回来。"

"那是为什么？"

"我从她的目光中看出，她再也不会回来看我们了。这是我的错。"

"你对她说了些什么？"

"什么都没说。"

"我不明白。"

"你明白，别强迫我向你解释。你知道得很清楚。"

那天晚上，朱丽叶没有再说一句话，两眼无神。

第二天，她发烧了，三十九度，卧床不起。我守在她的床头。她不时地睡去，但睡眠质量不好，常常激动起来。

四点钟的时候，有人敲门。

当时我在楼上，但最近一段时间，我的听觉相当灵敏，就像一头警觉的动物。

奇迹发生了。我感到心里产生了一种前所未有的冲动，极其强烈。我胸腔扩张，下巴收缩，不假思索地跑下楼梯，打开大门，双目圆睁，瞪着我的敌人。

他的宽脸好像什么都没有意识到。于是，我张开嘴，把我的愤怒都喷了出来。我大吼道：

"滚！滚开，永远不要再来，否则，我警告你，我就砸烂你的狗头！"

贝尔纳丹先生没有反应。他的表情有限，脸上没有出现惊讶的神情，只是变紫了。我觉得他有点困惑，这使我愤怒到了极点。

我扑向他，从背后抓住他的大衣，像田径运动员一样使劲摇晃着他，好像他是一棵李子树。我大喊：

"滚，讨厌的家伙！永远别让我再看见你！"

我一把推开他，好像那是一堆垃圾。他差点倒在地上，但及时恢复了平衡。他没有看我一眼，而是转过身，迈着缓慢而沉重的步伐，走远了。

我惊愕地盯着那团渐渐远去的肉。原来就这么容易！我愣住了，充满了喜悦和自豪：我刚刚体验了一生中第一次发火，我的心都醉了！贺拉斯①把愤怒说成疯狂，这是大错特错；恰恰相反，愤怒是一种智慧——如果我早点愤怒该有多好啊！

我"砰"的一声关上门，就像扇了谁一个耳光，我扇的是六十五年的软弱。我爆发出一阵响亮的大笑，兴奋得像个打了胜仗的将军，三步并两步地爬上楼梯，跪在朱丽叶的床头，大声告诉她自己的壮举，就像在唱武士歌：

"你看！现在，他再也不会来，永远不会来了！我向你发誓，如果他胆敢再来，我就砸烂他的狗头！"

我的太太露出一丝苦笑，叹了一口气：

"很好，可是克莱尔也不会再来了。"

"我给她打电话。"

"你怎么跟她说？"

"把事实告诉她。"

"你将向她坦白，两个月来，你毫不犹豫地让别人闯进你家？你将向她承认，你完全有理由不给他开门而你开了？"

---

① 贺拉斯（前65—前8），古罗马诗人。

"我将告诉她，他威胁说要砸烂我们家的门。"

"那你也会向她承认你在他面前俯首帖耳？向她承认你甚至没有说一句能把我们拯救出来的话？谁不让你坚定地告诉他不要再来了？"

"我将把我今天所做的事情告诉她。我赎了罪，不是吗？"

朱丽叶温柔而哀伤地看着我的眼睛。

"难道要做得那么极端吗？你今天的行为过分了。你太粗鲁、太粗暴了。你失控了。你不是在交涉，而是在泄愤。"

"你不能否认这种做法的作用！我才不管方法对不对呢！你要承认，贝尔纳丹只配这样对待。"

"当然。但你真的这么想把自己的行为告诉克莱尔吗？你觉得这有什么好吹嘘的吗？"

我无言以对。我兴奋到了极点。朱丽叶在床上转过身，轻声地说：

"再说，她没有给我们留下电话号码，也没有留下地址。"

第二天下午四点，没有人来敲我们的门。

第三天也没有。以后几天也是如此。

每天三点五十九分，我仍有忧虑的症状：呼吸困难，出冷汗。我可不是巴甫洛夫 [1] 的狗。

四点整，我惊慌得像失了魂似的。

四点零一分，我身上滚过一阵胜利的颤抖。我得控制住自己，免得高兴得跳起来。

我之所以使用表示反复的未完成过去时，并不是没有原因：那种情况持续了好多天。

剩下的时间就过得快多了：我忘了等待时难受，但不等待的时刻也不见得快乐。贝尔纳丹症留下了后遗症：早上醒来时，我有一种深深的失败感。然而，我没有受理智的控制，原因是：这种感觉属于非理性的范畴。

事实上，如果我把此时（三月底）的命运与我来到这座房子的时候（一月底）的遭遇相比，我会发现自己又回到了原地：情况依旧，再也没有折磨者来破坏我的日子了，我的日子过得就像我一直以来所梦想的那样，摆脱了时空，生活在巨大的宁静当中。

当然，还有克莱尔事件。不过，当我来这里住下时，我绝没有想到也不奢望那个年轻的女子来拜访我们。所以，我

---

[1] 巴甫洛夫（1849—1936），苏联生理学家，提出了条件反射概念。

完全有理由认为，我们的幸福并未受到破坏，只需重新潜入其中，就像潜入温水中一样。

然而，我发现自己做不到。贝尔纳丹先生对我们两个月的压迫已经破坏了什么东西，我不知道是什么东西，但我痛苦地感到了这种破坏。

比如，朱丽叶虽然还像以前那么爱我，但我们之间已没有童年的那种田园色彩。她没有再指责我以前的行为，甚至好像已经忘了，但我仍然感觉到她总是那么紧张：她再也不像以前那么拿得起放得下，那样能倾听别人说话了，而这些，都是我以前所非常熟悉的。

当然，我们并没有遭遇不幸，只是失去了一件既陌生又重要的东西。我尽量让自己放心，尤其不忘最重要的证据：时间。还来得及消去这一危险。回忆很快就会淡化，想起往事我们很快就会感到好玩的。

我太相信这种痊愈了，以至于把它提前了。我已经拿这件事开玩笑，想起他侵略的某些插曲，我忍不住哈哈大笑，或模仿帕拉墨得斯沉重的步伐，或跌坐在此后已经凹进去的那张椅子上，我们坚持把它叫作"他的"椅子——用不着详细说明这个名字的来历。

朱丽叶也笑了。可是——这是不是我的幻觉呢？——我觉得自己有点心不在焉了。

有时，我看见她站在窗前，久久地望着邻居的房子，一副深表遗憾的样子。

我不会忘记四月二日的那个深夜。我的睡眠质量从来就不怎么好，自从贝尔纳丹事件之后，情况更糟，我要花上几个小时才能睡着。我一边在床上辗转反侧，一边咒骂着贝尔纳诺斯，他曾宣称，失眠是最大的意志缺失。当然，如果有愚公移山的精神，睡觉不过是小菜一碟。但如果只有一个肥胖的医生作为你想象的环境，灵魂是不可能得到平静的。

我在床上生了好几个小时的气，甚至连朱丽叶熟睡的呼吸声也不能使我平静。最后，我对一切都生起气来，包括寂静的森林。城里的噪声使失眠更加难熬，而在这里，只有河水的呢喃让我感觉到生命的存在——它的声音是那么小，以至于我得伸长耳朵才能听得到。这种小小的努力使我的身体无法放松。

慢慢地，河水唱得更大声一些了。出什么事了？河水暴涨了？林中空地被水淹了？我模糊的大脑已经开始做出计划——把家具搬到楼上，扎一个木排。

我突然清醒过来，注意到这种声音与水完全没有关系，相反，那是上了油的机械声，好像是汽车的隆隆声。

我睁开眼睛，想好好地思考思考。我听到的这辆汽车没有往前来，或者说，这持续不断的声音非常遥远——至少，我是这样认为的，因为那声音要穿过许多障碍物才能到达这里。

我想，也许是一群樵夫正在周围砍树，但仅仅五分钟，我就觉得这种推测是不可能的：他们为什么要在这个时候砍树呢？而且，电锯声与这种有规律的隆隆声一点都不像。

我最后下了床，穿上旧鞋和外套，走出房子。声音是从贝尔纳丹家里发出来的，可是，他家的窗户全都黑漆漆的。

我由此做出判断，他家有发电机供电。可我还是很好奇，因为我以前从来没有听到过发电机响。他是怎么想起来要在夜里发电的？不管怎么说，对一个这么讨厌的人来说，没什么好奇怪的。

一定是这样！我们的邻居四点到六点不能再折磨我们了，作为弥补，他找不到比夜里启动发电机更好的办法了。

了不起呀，帕拉墨得斯！这种可笑的办法只有他想得出来。因为，说实话，他首先是干扰自己，晚上，他在床上听到的这种噪声要比我们听到的响十倍。其实，这种办法和前一种办法没什么区别。他每天侵略我们两小时的时候，他比我们更烦闷。他的格言应该是这样的："破坏我们的生活的同时也破坏别人的生活。"

我大声地回答他说："可怜的朋友，但愿你觉得你的新发现能干扰我们！你应该去看看朱丽叶已经睡着。如果我不是失眠的话，我永远也不会听见你的发电机声响的！而你呢，你此刻应该有置身于核反应堆里的感觉！"

我振奋起来，跨过河上的小桥，来到了贝尔纳丹的领地。多么美丽的夜晚啊！天上没有一颗星星，只有黑沉沉的乌云，没有一丝风，春天仍没有动静，毫无生气。

我绕着房子走了一圈，发现他家的车库里有亮光：他的发电机应该就安装在那里。而且，声音也来自那里。我们的邻居也许忘了关灯了。

我一直走到窗前去看发电机。车库里烟雾弥漫，我过了一会儿才看清是怎么回事。原来是汽车的马达在转。

我顿时明白了。我冲向大门，门锁上了。于是，我又冲向窗户，用胳膊肘打烂玻璃，跳了进去。我跌坐在房子里，起来后马上关掉了汽车的发动机，来不及看躺在地上的身躯，便拉起了车库的门。

然后，我抓住帕拉墨得斯的胳膊，把他拖到了屋外。

这个胖子的脉搏还在跳，但好像处于危急之中。他脸色发灰，下巴布满了白沫，似乎吐过。怎么办？他是医生，而不是我，我是教希腊语和拉丁语的老师，我可救不了他的命。

必须打急救电话。别在他家打电话。我太怕撞见贝尔纳黛特了。我跑回自己家中，拨打了急救电话。"我们给您派救护车来！"对方回答我，可医院远在见鬼的沃韦尔。

我心急如焚，回到贝尔纳丹身边，发觉他的身体里发出一种嘶哑的声音。我不知道这是凶是吉，使劲摇晃着他的胳膊，好像这样能让他苏醒过来似的。

我责备起他来：

"讨厌的家伙！你不到黄河心不死，是吗？你想一头撞在南墙上，为了烦我们，你竟然不惜去死！老兄，这样做是不行的！我不会让你死的，听见了吗？我从来没有看见过世界上还有你这样的混账东西！"

这些诅咒好像对他没有什么用，倒是对我产生了作用。我一骂起来就没完。

"你以为自己在干什么？我们现在不是在演戏！别以为戏结束了把幕拉下来就算完事了。如果说这出戏演得非常糟，

那是你的错！我也是，我可能也是一个死气沉沉的家伙。每
个人身上都有一大团静止的东西，必须听之由之，让它自己
出现。谁都不是谁的牺牲品，而只能是自己的牺牲品。之所
以去烦别人，是因为娶了一个不正常的女人。这真是好借口。
你之所以娶她，是因为你自己就是个笨蛋，你在她身上发现
了自己的另一半和自己期望的东西。贝尔纳黛特一开始就非
常适合你。我从来没有见到过这么般配的夫妻。一个人，如
果找到了生命中的妻子，他是不会自杀的！真的，如果没有你，
她会变成什么样呢？你在把车库变成毒气室之前想到这一点
了吗？你是怎么想的？让我们去照料她？还有什么？你把我
们当成什么了，当作救世军了？"

　　我喊得越来越响，就像个精神病患者：

　　"你是个医生，却选择了这么一种自杀办法，亏你想得
出来！你没有一大堆讨厌的事情拖后腿？当然没有，你要选
择最让人讨厌的方式，总之是让人恶心的办法，这就是你的
座右铭。除非……是的，只有这个办法给你留下了一条出路！
如果你服毒或自缢，我永远都不会听见，而你的旧汽车将让
我有机会救你的命。我像往常一样，来得正巧。我在想我为
什么不把你扔回原地，重新把汽车发动起来，把门关上。是的，

是什么东西不让我这样做的呢？

就在这时，我听到了救护车的呜呜声，否则，我想，我已经疯成了那样，我真会这样做的。

护士们把他抬上了救护车，救护车在震耳欲聋的响声中离开了。

我差点求他们把我也带走，我身上也有什么东西不对劲了。我跌跌撞撞地回到家中，刚好看见朱丽叶，她很惊慌：她已被救护车吵醒。我把事情原原本本地告诉了她。她脸色苍白，倒在一张椅子上，双手蒙住脸，喃喃地说：

"多么可怕啊！多么可怕！"

她的反应最后差点让我发疯：

"你的意思是说：'多么可怕的魔鬼！'我不允许你这样说他！难道你不明白，他玩这套把戏的目的只有一个，那就是烦我们？"

"可是，埃米尔……"

"你好像不了解他似的！我像个傻子一样走进了他的闹剧。现在，他可以要求当烈士了！当然，应该让他去死。我不但失去了一个摆脱他的绝好机会，而且，我们从此以后不得不热情待他，我们随时都得对他负责。"

朱丽叶惊慌地看着我。六十年来，她这是第一次这么严肃地对我说：

"你没有意识到自己说了些什么吗？你才是魔鬼！你怎么能相信这么可怕的事情呢？如果你不是失眠，你永远也听不到那声音，那他现在就已经死了。你说话时就像个杀人犯，一个真正的杀人犯。"

"杀人犯？你忘了，我救了他的命。"

"那是你的责任！从你知道发生了什么事开始，这就成了你的责任。如果你让他死去，你就是杀人犯。你刚才说的话是多么卑鄙。"

"要是她知道我差点就要把他扔回毒气室就好了！"我想。但我对自己也不太满意了。

"贝尔纳黛特呢？"她的口气软了一点，问。

"我没有看见她。在我看来，她什么都不知道。"

"是不是应该通知她？"

"你以为她能明白吗？我敢打赌她现在在睡觉。这是她最喜欢做的事。"

"明天，她醒来时发现他不在家里，她会很惊慌的。"

"让我们等到明天吧！"

"你还想再上床，接着睡?！出了这样的事以后你以为我们还能睡着吗？"

"那你说怎么办？"

"你去医院，我去她家。"

"你疯了？她比你重五倍，她能把你杀了！"

"她没有进攻性。"

"我太为你担心了。让我去吧，我去医院也没用。"

"我陪你去。"

"不。必须有人留在家里。我给急救员留的是我们家的电话号码。"

"那就这么办吧，叫醒她。她醒来时身边必须有人，不能让她有时间担心。"

"我觉得我们对这些人太好了。"

"埃米尔，这微不足道！如果你不去，我去。"

我叹了一口气。有个善良的太太并非只有好处没有坏处，但她至少在这一点上是对的：我不可能再睡着了。

我拿了一支手电，拥抱了一下朱丽叶后就出发了，就像一个上前线的士兵。

从车库通往里屋的门没有锁，我走了进去。手电照亮了厨房，一股恶臭扑鼻而来。我不敢想象贝尔纳丹夫妇吃什么。地上堆着削下来的果皮。我没有去辨认是什么皮，一心想着尽快离开这个垃圾堆，回到可以呼吸的新鲜空气当中。

我打开厨房的门，走了出去，然后又把门关上，免得霉臭味熏出来。倒霉，客厅里也有相同的味道，很难闻。恶臭。人怎么能在这里面生活呢？首先，作为一个医生，他怎么能这么无视最基本的卫生原则呢？

我的鼻子分析着这些东西的成分：不新鲜的韭葱、变质的肥肉、发出恶臭的山羊肉，味道最特别、最难闻的是一股已经氧化的金属怪味，这气味最糟糕，非常刺鼻，因为它不是从人畜身上发出来的，也不是植物当中散发出来的：我从来没有闻到过这么难闻的味道。

我找到了一个开关，打开电灯，出现在我面前的东西使我忍不住想大笑。臭味达到了这样的程度，我们也只能笑了。不过，我还是感到挺惊讶的。一般来说，室内乱七八糟往往会让人感到很舒适，极舒服——德国人用 genütlich（舒适）这个词来形容。在这里，我们仿佛置身于只有女看门人才会装饰的有轨电车里——又脏又冷又可笑。

墙上没有画，只有帕拉墨得斯的一张医生证明书，很庄重地装在一个镜框里。一个和夏吕斯同名的人①能把丑恶和庸俗发挥得这么极致，真是绝了！

想起自己的任务，我差点要疯了。我上了楼。楼梯上铺着一张布满灰尘的黏糊糊的地毯。来到楼上，我停住脚步，伸长耳朵，似乎听见了一个嘶哑的声音。

我差点想逃。这种嘶哑的声音不可能是呼噜声：我所听到的声音让人想起动物交配时快乐的叫声。我不愿意相信这是真的，我受不了。

走廊里的第一个房间是杂物堆放处，第二个房间也是。最后一个房间是浴室。我不得不承认这一明显的事实：其中的一件杂物间其实是卧室。

我来到第二个房间，推开房门，嘶哑声告诉我，到了。我战战兢兢地走到贝尔纳黛特的床头，手电光在一些看不清是什么东西的物体上扫来扫去，最后落在一张草褥上，上面有一团会动的东西。

是她了。她闭着眼睛。我发现那种吼叫原来是睡着时的呼

---

① 指普鲁斯特《追忆逝水年华》中的人物夏吕斯男爵帕拉墨得斯·德·盖尔芒特。

吸声，悬着的心才放了下来。她在睡。

我打开电灯，一道可怕的微光投射出手术室那样的亮光。贝尔纳丹夫人并没有感到不舒服。真的，如果她自己发出的响声都不能吵醒她，那就没有什么东西能吵醒她了。

夫妻俩分室而睡。我判断帕拉墨得斯一定是睡在另一个杂物间里。这个囊肿所谓的床其实是一堆破布，上面没地方再多睡一个人，尤其是如果那个人也是一个大胖子的话。

出于一些我不想深究的原因，看到他们不睡在一起，我感到一阵解脱。而且，事情很凑巧：由于晚上的这种分居，贝尔纳黛特不知道他想自杀，所以赢得了几个小时的安宁。

我在她身边一个用合成材料做的软垫上坐下，打算叫醒她。在我的对面，有一个大钟指着凌晨四点。想到我在一个与他们完全相反的时刻闯入他们家，我不禁笑了。这时，我发现在这个房间里还有三个挂钟和一个闹钟：它们一秒不差地指着同一时间。回想起客厅、楼梯和走廊，我发现那些地方也都挂着钟，而且都出奇地准，就像这个房间里的钟一样。

这一细节本身已够奇特，出现在这么凌乱的地方，就更让人吃惊。他们的住所很脏，从不通风，房间里到处都是纸箱，纸箱里装满了散发着恶臭的破烂，然而，在这阴森森的垃圾堆里，竟有人关注时间，近乎病态地让钟表无处不在，而且让它们准得出奇。

我开始明白帕拉墨得斯为什么总是准点到。如果要在室内自杀，他找不到比这更好的地方了：这房子既可怕又破烂，让人难受、恶臭、怪异、油腻，尤其是那些调得分秒不差的钟，时刻让人感到时间在压迫着我们——地狱也无非如此。

贝尔纳丹夫人的一声尖叫使我把注意力集中在她身上。她是因为哮喘才发出这种嘶哑的声音？但她平静的神态否认了这一点。我观察着她：她像热气球一样的巨大胸脯有规律地起伏着，胸脯鼓足了气，然后突然塌陷，每塌一次都会发出这种可怕的叹息。这么说，不必担心，这是物理规则能够解释的一种现象。

仔细想想，我从来没有见过谁睡得像她那样心满意足。我看着她的脸，惊讶地发现她正得到巨大的享受。我回想起来，在走廊里的时候，我曾把这种声音当作动物得到性快感高潮时发出的声音：我猜错了。但贝尔纳黛特确确实实感到了快乐，睡觉使她感到了快乐。

我莫名其妙地激动了起来。这一大团肉，在它的欣喜中，有一种让人感动的东西。我惊喜地想，她比她丈夫强多了：她的生活并不荒唐，因为她懂得快乐。她喜欢睡觉，她喜欢吃东西，这些行为高不高尚不重要，因为快乐使人崇高，不管快乐的原因是什么。

而帕拉墨得斯呢，他什么都不喜欢。我从来没有看见过他睡觉，但可以想象得到他睡觉时也满怀厌恶，像他做别的事情一样。我第一次发现，我们把情况给颠倒了：不是他要抱怨和她生活了四十五年，该抱怨的是她。我在想她是否对他还有点感情。听到他企图自杀的消息，她会有什么反应？她能明白"自杀"这个词的含义吗？

我爱怜地轻声说：

"如果他死了，谁来照看你呢？你能自己动手吗——也就是动你的触手？你怎么照顾自己呢？人可不能不停地吃和睡。你知道你让我想起了谁吗？我想起了雷吉娜，那是我外婆的狗。小时候，我很喜欢它。那是一条年老的大狗，除了睡就是吃。它醒来是为了吃，一吃完它就睡着了。如果要让它移动十米，得拖着它走。你的时间安排和雷吉娜不是很像吗？"

我忘记那条肥大的母狗起码有五十年了。想起这件事，我不禁笑了起来。

"大家都取笑它，我却喜欢它。我打量着它：它已经决定只为快乐而活着。它吃东西时会摇着尾巴；它睡着时就像你一样，浑身都充满了快感。说到底，你和它都是哲学家。"

　　对我来说，把某人比作一只牲畜，这毫无侮辱的意思。只要读过古希腊和拉丁作家的作品，你就会懂得尊重雷吉娜。没必要明确指出"动物统治"，因为，准确地说，我们的词汇中并没有"人类统治"这个词。

　　我深情地望着贝尔纳丹夫人。她埋头在肥肉中睡眠，此情此景让人感到非常安慰。我希望她永远不要醒来。

　　不可思议的事情发生了：经常失眠的我，尤其是那天晚上，我竟然在贝尔纳黛特沙哑的声音催眠下，在用合成材料做的软垫上睡了。

　　突然，我惊醒过来。那个囊肿竟然从她的草垫深处看着我。她小声咆哮着，威胁我。

　　那一排排挂钟告诉我现在是早上八点。我想起了我的任务，于是尴尬地轻声说：

　　"贝尔纳黛特……你丈夫出了点小事故，他在医院里。不用担心，他已经脱离了危险。"

　　贝尔纳丹太太没有反应，她继续盯着我。我觉得有必要向她解释：

"他试图自杀，我制止了他。你明白吗？"

我永远不会知道她是否明白。她把头靠在垫子上。诗人会说她好像是在沉思——事实上，她什么都不像。

我胆怯而沮丧，不知所措地走开了。不管怎么说，我完成了任务。我还能怎么办？

出了邻居的家，清新的空气扑面而来，比阳光还刺眼。刚才，在那个让人恶心的洞穴里，我竟然能呼吸得过来！我觉得回到生者当中真好啊！

回到家，朱丽叶扑到我的怀里。

"埃米尔，我害怕极了！"

"医院里有消息吗？"

"有，他很好，后天出院。医生们问他为什么要那样做，他什么都没有回答。"

"他回答了才怪呢！"

"他们问他是否还会再自杀，他说不会了。"

"太好了。他们知道他本人是医生吗？"

"一点都不知道。你为什么这么问？有什么不一样吗？"

"没有，我只觉得医生自杀更吸引人。"

"比别人自杀更吸引人？"

“也许吧。可以说，这违反了希波克拉底的誓言①。”

“你不如告诉我贝尔纳黛特是怎么对待这件事的。”

我把自己的所见所闻告诉了朱丽叶，津津乐道地描述了贝尔纳丹家里的情况。朱丽叶激动地大叫，还笑出声来。

“你觉得我们应该照料她吗？”她问。

“我不知道。我们给她带去的不便可能会比好处多。”

“至少要让她吃饱。我们给她送点汤过去。”

“融化的巧克力？”

“当甜点嘛！再加上一大锅蔬菜汤。我想她的饭量一定很大。”

“那她真是过节了。在我看来，丈夫不在，她将度过美好的两天。”

“谁知道呢？也许她爱他。”

我什么都没说，但我觉得爱帕拉墨得斯是不可能的。

在莫沃，我们差不多把杂货店里的蔬菜都买光了。从村里

---

① 希波克拉底（约前460—前377），古希腊医师。他有一批手稿流传至今，内容涉及疾病的诊治和医生的操守规则，被称为希波克拉底誓言，一直被医务人员视为行为指南。

回来，我们做了一锅汤。我看着汤像滔滔洪水似的在双耳盖锅里滚沸，把韭葱和芹菜翻到了表面，就像是海上的一场风暴，翻卷着海藻和浮游生物。我在想，这一大锅糊状的东西在那个囊肿的肚子里会变得怎么样：也许是一顿真正的鲸鱼午餐，无论是从它的用料来说还是从它的量来说。

中午时分，我和朱丽叶抬着菜盘走到河对岸。一大锅汤和一小锅巧克力酱，这么重的东西，两个人抬并不过分。走进他家厨房时，我太太厌恶地笑了起来：

"比你说的还糟！"

"味道还是摆设？"

"都是。"

楼下一个人都没有。我们上了楼，贝尔纳丹太太仍然躺在垫子上。她没有睡，什么都没做：平静而非操劳。朱丽叶突然感动起来，那份真诚连我都觉得奇怪：

"贝尔纳黛特，我太想念你了。你的勇气太了不起了。医院打电话来了：你丈夫很好，他后天就可以出院了。"

我们永远也不会知道她是否听明白了，甚至不知道她是否在听：她原谅了朱丽叶的吻，眼睛盯着小锅。她的嗅觉立即就闻出了里面是什么东西。刚才还那么安静的她突然咯咯大笑起来，触手般的手伸向了美味的东西。

"是的，我们做了两锅不同的汤。必须先喝大的，另一锅是点心。"

囊肿不愿听。再说，先喝哪锅对我们来说又有什么关系呢？朱丽叶把巧克力酱递给她：女邻居急得直跺脚，嘴里吧嗒吧嗒流出口水。她的触手抱住宝贝，然后把它一直送到嘴边，一口喝完了锅里的东西，像疣猪，又像抹香鲸似的吼叫起来。

这快乐的一幕，既让人高兴又让人恶心：我太太的嘴角一边挂着微笑，另一边却差点要呕吐。

囊肿放下喝光了的小锅。她把锅边都舔了，锅已经干净得不用再洗。她长长的舌头仍然伸在外面，清洗着下巴和嘴角。这时，出现了一件动人的事情：贝尔纳丹太太发出了一声叹息——一声惬意的长叹，带有一丝失望，因为喝完了。

朱丽叶把蔬菜汤倒一个碗里，递给她。贝尔纳黛特好奇地闻了闻，舔了一口，似乎对我们的糊糊有些好感，于是便吞了下去，发出水流进下水道那样的哗哗声。

"我应该把汤里的东西捞出来的。"朱丽叶说，因为绿色的菜渣没有进入那张口中，而是像留在沙滩上的海藻一样贴在她的下巴上。

然后，这个女邻居打了一个麦尔维尔[①]式的饱嗝，又倒在了垫子上。刹那间，我相信从她的目光中看到了一种母后般的表情，似乎在说：

"谢谢，善良的人，你们可以走了。"

她闭上眼睛，很快就睡着了，睡着的时候发出的嘶哑声和她像洗衣机一样响的消化声互相应和。

我很感动，很激动，温柔地轻轻对她说：

"小锅留在这里，我们走了。"

第二天，朱丽叶又送了汤过去。

一连两天，我们都发现锅空了，贝尔纳黛特的肚子满了。她没有离开房间，除非是上厕所——她不需要我们帮她上厕所，我们松了一大口气。

"如果你想听我的意见，我会说，贝尔纳黛特正过着一生中最幸福的日子。"

"是吗？"朱丽叶问。

"是的。首先，你做的食物肯定比她丈夫做的食物好，

---

① 麦尔维尔（1819—1891），美国作家，早年辍学，做过银行职员、农场工人和乡村教师，曾随捕鲸船去南太平洋，后在海军服役。主要作品有《白鲸》《泰比》等。

由于吃是她生活中最重要的事情，这种改变对她来说是一种巨大的革命。但最好的事情，还是我们给了她平静。我敢说，帕拉墨得斯会强迫她起床，并毫无理由地让她下楼。"

"他为什么要这样做？"

"为了烦她。他一天到晚想着的就是要烦人。"

"可能也想给她洗洗，或给她换衣服。"

想起贝尔纳丹太太的睡衣，我就忍不住要笑。一件巨大的化纤裙子，上面印着田间的野花，绉领是齿牙形的——乡村人常用的那种齿牙形绉领。

"你不觉得我们应该给她洗洗澡吗？"朱丽叶建议。

顿时，我仿佛看见一团白花花的肉充满了浴缸。

"我想，这个任务还是留给她丈夫吧！"

第三天，医院打电话来：他们允许我们把这对夫妻的另一半接回来。

"我一个人去。你要替那个囊肿做汤。"

坐在方向盘前面时，我觉得去接他真是糊涂透顶。"应该把他扔在那里。"我想。

在登记处，他们让我在一沓看不懂的纸上签字。无所畏惧的贝尔纳丹先生在走廊里等我。他坐在椅子上，一副无聊的样子。看到我的时候，他露出了对我惯有的那种不满。他一言不发，抬起巨大的身躯，跟我走了。我发现女护士们没有给他洗衣服，他的衣服上还留有呕吐的痕迹。

在开车回去的路上，他没有说一句话。我觉得这样挺好。我对他说，他不在的时候，我们照顾了他太太的吃喝。他没有任何反应，也没有看任何东西。我在想，煤气中毒是否损坏了他所剩的那点思维能力。

那天，天气非常好。那是四月初的一天，就像课本上描写的那样，到处都是鲜花，像梅特林克①笔下的女主人公那样轻盈。我想，如果我自杀未遂捡回条命，如此美丽的春天一定会让我激动得要哭的：我觉得这万物复苏的景色与我自身的新生是联系在一起的，它让我与我想离开的这个世界完全讲和了。

帕拉墨得斯显然对这一切完全无动于衷，我从来没有见过他这么安静地蜷缩着。

我把车停在他家门前。离开他的时候，我问他需不需要什么帮助。

---

① 梅特林克（1862—1949），比利时剧作家、诗人，代表作有《青鸟》等。

"不要。"他低声咕哝了一句。

他很慎用语言——如果这样说话也算是使用语言的话。

这时，我早就想问的那个问题脱口而出：

"你知不知道是我救了你的命？"

贝尔纳丹先生第一次话多得那么可怕。其实他并没有再说话，而是像一个公认的辞藻华丽的演说家那样充分利用了他的沉默和他的目光。他愤怒地盯着我的眼睛，一言不发，到了让人难以忍受的地步。当他觉得我惊讶了足够长的时间后，他才说了这么两个字：

"知道。"

然后，他扭头走进了屋内。

我心灰意冷地回到家中。朱丽叶问我怎么样，我回答说：

"跟往常一样。"

"我做了比昨天更多的汤，显眼地放在他们家的桌上。"

"很好，不过，以后就让他们自己对付吧！"

"你不觉得如果我代替他做饭他会很高兴吗？"

"朱丽叶，你难道还不明白，没有任何东西能让他高兴？"

第二天早上，小锅端放在我们家的门前，里面的东西碰都没碰。

这是一种巧妙的拒绝。

几个星期过去了。与我担心的相反，邻居没有到我们家来过一次，他们几乎没在屋外露过面。然而，甜蜜的四月像是一种挑逗，我和朱丽叶每天都在花园里度过几个小时。我们在那里吃中饭，甚至吃早饭。我们在森林里长时间地散步，鸟儿给我们演唱被雅那切克 ① 修改过的《神圣的春天》。

帕里墨得斯平时不出来，除非是开车到村里去。购物成了他生活中唯一的社会活动。

五月来临了，这是一个极为矫饰的月份——我这样说并没有任何讽刺的意味：像我这种长期生活在城里的人全身心地喜欢大自然的种种矫饰，不嫌弃任何公共场所。美丽的铃兰唤起了我最真诚的激情。

我给朱丽叶讲述着关于丁香树的传说，好像满园怒放的蓝色和白色的花朵在鼓励我。朱丽叶发誓说，她从来没有听到过这么美丽的故事，我得每天都讲给她听。

---

① 雅那切克（1854—1928），捷克斯洛伐克作曲家。写有多部歌剧，代表作为《养女》。

贝尔纳黛特夫妇对这春天的樱桃酒应该无动于衷，因为我们从来没有看见他在花园里出现过。他们的窗户总是关着的，好像怕浪费他们宝贵的臭味。

"住在乡下真是值得！"朱丽叶说。

"别忘了他之所以住在这里，是为了隐藏他老婆。帕拉墨得斯才不在乎这些小花呢！"

"她呢？我敢肯定她爱他，见到他她会很高兴。"

"他却为她感到羞耻，不想让别人看见她。"

"可我们已经知道她长得什么样了！除了我们，没有任何人能看见她。"

"他并非一天到晚想着贝尔纳黛特的幸福。"

"真是个混蛋！竟然把这个可怜的女人囚禁在家中！我们能原谅这种事吗？"

"你要我们怎么办？他的做法没有任何不合法的地方。"

"如果我们去找她，把她带到外面去，这合法吗？"

"你见过她是怎么走路的吗？"

"不让她走路。我们把她扶到花园里，让她看花，让她呼吸新鲜空气。"

"他绝不会同意我们这样做的。"

"我们不去问他！我们出其不意地进行，我们到他家去，说：'我们来找贝尔纳黛特，让她和我们在我们的花园上度过一个下午。'这有什么危险呢？"

我虽然不那么热衷，却不能不承认她说得对。中饭后，我们去敲他们家的门（我想世界颠倒过来了）。没有人来开门。我像个粗人，使劲敲，就像帕拉墨得斯在冬天的时候敲我们家的门一样，可我没有他那么大的力气。屋里没有任何反应。

"见鬼，我一定要让他开门！"我愤怒地攥紧拳头，大声叫道。

朱丽叶最后擅自进去了。这个六十五岁的小女孩勇敢得让我惊讶。我跟着她走进去。这个魔窟似的房子里的霉臭味更难闻了。

客厅里，贝尔纳丹先生懒散地躺坐在一张椅子上，四周都是钟。他无力地看着我们，但是一脸恼怒的样子，好像在想，我们是极具侵略性的邻居——这样想，真是太过分了。

我们没有理睬他，好像他不存在似的。我们上了楼，那个肥胖的女人躺在垫子上，身上穿着一件粉红色的睡衣，上面有几朵白色的雏菊。

朱丽叶吻了吻她的两颊：

"贝尔纳黛特，我们带你去花园！你会看到外面是多么漂亮！"

贝尔纳黛特非常乐意让我们牵着走，我们一人挽着她的一只手。她一步一步地走下楼梯，就像一个两岁的孩子。我们经过帕拉墨得斯面前，没有告诉他我们要去哪里——甚至都没有看他一眼。

由于没有那么大的椅子，我在草地上铺了一张床单，上面放了几个坐垫。我们扶女邻居在上面躺下，她趴在床单上，凝视着花园，露出一种近乎惊讶的表情。她用右手抚摸着雏菊，并把一朵雏菊拉到眼睛跟前，仔细地察看。

"我想她是个近视眼。"我说。

"你发现了吗，如果没有我们，这个女人永远也不会近距离看到一朵雏菊。"朱丽叶气愤地说。

贝尔纳黛特把她新发现的东西让所有的感官都过了一遍：看过之后，她闻了闻，然后又听了听，放在额头上擦了擦，最后用牙齿嚼烂，吞了下去。

"她的步骤绝对科学！"我兴奋地说，"这个人很聪明！"

好像是为了证明我的话是错的，贝尔纳黛特开始让人恶心地咳嗽起来，咳得把雏菊都吐了出来：这种食物不适合她。

她花了九牛二虎之力，终于转过背来，然后又倒了下去，气喘吁吁，浑身无力。她的眼睛盯着蓝色的天空，不再动弹。毫无疑问，她感到很幸福，蓝天代替了房间里黑乎乎的天花板。

四点左右，朱丽叶去弄茶和小点心。然后，她走到那座卧像旁边，往她嘴里塞了几块酥油饼。贝尔纳黛特咯咯地笑了：她喜欢吃酥油饼。

让我们大为震惊的是，就在这时，传来了一声怒吼：

"她不能吃那个！"

是帕拉墨得斯！他站在自家客厅的窗后，已经监视我们好几个小时了，等待我们犯"错误"。看见我们犯错，他便走出家门，站在门前的台阶上，要我们别乱来。

我太太显得十分威严，她恢复了冷静，继续给那个囊肿喂食，好像什么事都没有发生过似的。我提心吊胆，不敢出声：他会不会来揍我们？他可比我们强壮得多。

但朱丽叶的行为把他吓住了。他不知所措地在门槛上站了十分钟，看着我们拒不服从他的命令。然后，为了找台阶下，他离开之前又喊了一句：

"她不能吃那个！"

他消失在他的那堆钟当中。

夜幕降临的时候，我们把贝尔纳黛特送回了家。我们没敲门就进去了，她丈夫赏了我们这么一句："如果她病了，那是你们的错！"

"如果你老婆生病了，你就高兴了，是吗？"朱丽叶说。

我们让贝尔纳黛特重新在垫子上躺下。由于过于激动，她显得有点筋疲力尽。

第二天，贝尔纳丹把家里的门都锁得紧紧的。应该预料得到的。

"他囚禁了他老婆，埃米尔！我们是否报警？"

"可是，他的所作所为还是没有违法呀！"

"即使我们告诉警察说，他曾试图自杀？"

"自杀也没有犯法。"

"如果说他正在杀他老婆呢？"

"我们没有任何理由做这样的推测。"

"那么，你是否知道，他之所以囚禁他老婆，是因为她吃了一点酥油饼？"

"他也许希望她减肥。"

"她过着这样的生活，瘦身又有什么用？而且，他也不照镜子看看自己！"

　　"事情的原因，我们是知道的。贝尔纳丹先生觉得活着没有任何乐趣，所以他不能原谅他老婆不跟他一样。昨天，他看见他老婆在花朵面前欣喜若狂，面对蓝天惊讶得合不拢嘴，还开开心心地吃了点心，他忍受不了了。"

　　"你不觉得阻止一个可怜的非正常的老妇人享受生活，这是一件很恶心的事吗？"

　　"当然恶心，朱丽叶。但问题不在这里，只要他不做违法的事，我们就对他一点办法都没有。"

　　"我在想我为什么不砸烂窗户，爬进去找贝尔纳黛特。"

　　"如果是这样，那他就有权报警了，我们就将白费劲。"

　　"我们真的什么也做不了吗？"

　　"我想告诉你一件可怕的事情：昨天，我们本想让那个可怜的女人度过一段美好的时光，谁知却给她带来了伤害。现在，她被关了起来，这都是我们的错。我想，最好要控制这种破坏的范围和程度。我们越想帮助她，她便会越倒霉。"

　　证据确凿。朱丽叶不再提救那个囊肿的事，但她显然念念不忘此事。天气一天比一天好，但春天再美丽也无济于事，我最后竟然希望天下起雨来：晴天会让我太太感到心里不安。

她在散步的时候不住地说：

"她看不见这些血红色的黑加仑茶，她看不见这些绿色的嫩叶。"

没必要问朱丽叶这个"她"指的是谁。任何嫩芽都成了一种物证，我清楚地感到，它们起诉的是我，而不是我的邻居。

一天早上，我终于发作了：

"你不是指责过我制止他自杀吗？"

她轻声但坚定地回答说：

"没有，绝对没有。应该制止他自杀。"

她很幸运，因为她对此坚信不疑，而我再也不敢相信。我后悔救了他，我觉得自己完全错了。

而且，不是他首先责备我的吗？我把他从医院里接回来那天，他罕见地滔滔不绝，向我表达了这个意思。

糟糕的是，现在我同意了他的观点。我替他设身处地，得出了这个可怕的结论：他有千万个理由想死。

因为，对他来说，活着如同下地狱，他感觉不到生存的任何乐趣。我最后终于明白，这不是他的错，不是他自己要五官麻木的：他生来就是这样。

我想象着他的命运：看见美丽的森林，听到让别人感动的咏叹调，闻到晚香玉的味道，吃或者喝，抚摸或者被别人抚摸，他对这些没有任何感觉，也就是说，任何艺术都不能打动他，他也没有性欲。

有些人笨得不知道用"感觉盲"这种说法，难道他们没有想到那些感觉不灵者的这种"盲"吗？

我惊恐地发现，贝尔纳丹先生的生活是多么无聊啊！如果我们把感觉当作智慧、灵魂和心灵的门户，他还剩下些什么呢？

甚至神秘主义也从快乐中学到一些东西。不一定是亲身实践，而是通过想象，这是肯定的。被禁止肉欲的和尚至少也能预感到自己所戒的是什么。缺乏和过多一样，都能教会人们一些东西，如果不是更多，至少也一样多。可是，帕拉墨得斯什么都不缺，当一个人什么都不爱的时候，他就什么都不会缺。

圣人们的生活难道没有证明，宗教的狂喜也是一种性高潮吗？如果绝对冷漠也能给人带来一种极度的兴奋，那就是它了。

但并不是每个人都能达到这样的极端，能像我的邻居这般虚无。这不是雨果笔下的那种伟大的虚无，而是卑贱、可怜、可笑而肮脏的虚无，一个常常低声咕哝的可怜的家伙的虚无。

一个可怜的家伙，Last but not least[①]，他从来没有爱过

---

① 原文为英文，意为"最后的但并非最不重要的"。

任何人，也没有想过别人会爱他。当然，我并不想像看门人那样伤感：没有爱也可以生存——只需让自己睁大眼睛看看人类共同的命运。

只是，没有爱的人都有另一种爱好：赌马、打牌、足球、对书写进行改革——至于是什么爱好，这不重要，只要他能投入其中。

但贝尔纳丹先生什么爱好都没有。他封闭了自身，在他的黑牢里没有一扇窗户。那是什么黑牢啊！更糟的是，那是一个肥胖而迟钝的老人的黑牢。

突然，我明白了他为什么对钟那么痴迷：与生者相反，帕拉墨得斯乞求时间流逝。在他的苦牢里，唯一的光芒就是死亡——他家里的二十五个钟以缓慢的节奏稳步把他带向死亡。死了以后，他就彻底消失了，再也没有肉体来容纳他的空，他将成为虚无，而不是去体验这种虚无。

一天晚上，意识一时冲动，这个男人想逃离他的苦狱了，他需要巨大的勇气才能做出这个决定。而我，一个无知的狱卒，我抓住了这个正在逃跑的可怜者。我像告密者那样自豪，把他抓回了监狱。

一切都明白了：从一开始，他就表现得像个苦狱犯一样。

起初，他之所以每天在我们家里赖两个小时，是因为这个可怜的囚犯除了侵入别人的囚室，无事可做。他不喜欢吃，却暴饮暴食，这是一个烦恼到极点的人的典型做法。他虐待老婆，这更是一种具体表现：强烈地需要把自己的痛苦强加给别人。他像被判无期徒刑的人一样，懒散、肮脏，身体也垮了。

事情太清楚了！我怎么没有早点明白呢？

一天晚上，我在半夜里惊醒，产生了一种难以启齿的想法："他为什么不重来一次呢？自杀好像是有瘾的。他还等什么呢？再自杀一次吧！"

也许他怕我会再次制止他自杀。怎么告诉他，这一次，我不会再在半路上插一杠了呢？

于是，我思考起自杀的方式问题来：他为什么要选择汽车尾气呢？他希望别人救他？不，这种可能性非常小。他选择这种方法是出于自虐吗？这也是囚犯的一种举动；或者是一种象征性的行为：这个男人过着一种令人窒息的生活，他想通过窒息来死亡。本来，服毒应该简单一百倍，也不那么痛苦。现在是否可以得出这样一个结论：这个粗人，像所有的自杀者一样，需要留下一个信息。别的自杀者留下一封信，但他不会写信。他的签名就是死亡本身，啊，这种死亡是多么野蛮啊！墓志铭里暗藏着这样的话："我死了，正如我活着。"

四月二日晚上到三日凌晨，如果我不是可怕地失眠，贝尔纳丹先生已经得到拯救了。现在是六月初了，一个残忍的计划诱惑着我：我是否给他寄封信？"亲爱的帕拉墨得斯，我现在明白了。你可以再试一次，我不会再妨碍你。"我把嘴埋在枕头里，怕自己大声说出来。

后来，我觉得这个办法并没有那么可怕，甚至开始认真地考虑起来。首先，这样的一封信似乎很无耻，像是犯罪，但仔细一想，这不正是我的邻居所需要的吗？必须帮助他。

突然间，我觉得不能再等了。这封信必须马上写！必须立即动手。我站了起来，下楼来到客厅，拿起一张纸，写下了两句救命的话，然后越过小桥，把折起来的信塞进了贝尔纳丹家的门缝里。

我产生了一种巨大的幸福感和解脱感。我完成了任务。我回到床上睡着了，心里美滋滋的，好像当了爱神的信使。天使们在我的脑海里唱着歌。

第二天，我起床时，觉得自己做了一个梦。慢慢地，我意识到自己做了些什么：我真的写了那封卑鄙的信！甚至还把它塞到了贝尔纳丹家的门缝里！我疯了！

朱丽叶惊讶地看着我，我拿起她的拔毛钳，跑出家门。我趴在邻居家的门口，把拔毛钳伸进门缝里，胡乱地拨着，想把那封信弄出来。但我白费劲：那封信离得太远了——或者，帕拉墨得斯已经读了那封信。

我惊恐地回到家中。

"你能不能告诉我，你为什么拿着我的拔毛钳趴在邻居的家门口？"

"昨晚，我给他塞了一封信。我后悔了，可无法把它弄回来。"

"你写了些什么？"

我没有勇气承认事实。

"骂人的话。比如说'你很卑鄙，把老婆关在家里'，等等。"

朱丽叶的眼睛放光了：

"太好了。我很高兴你没能收回那封信。我为你感到骄傲。"

她把我搂在怀里。

我整个白天都在恨自己。晚上，我早早就躺下睡着了，似乎想寻求逃避。半夜两点，我醒来了：没办法再合眼。

就在这时，我明白了关于我自己的一件可怕的事情：还有另一个埃米尔·阿泽尔。事实上，在失眠的时候，我觉得自己写那封信是对的，我一点都不感到羞耻。相反，我为自己的行为感到高兴。

我也成了杰基尔医生[①]？我拒绝这种假设，因为太荒唐了。相反，我发现夜晚对我有一种巨大的影响。晚上，我常常往最坏的方面去想，总是很绝望，不会想到事情会好转，会有希望，甚至连对别人没有伤害的冷漠都做不到。我在失眠的时候，一切都是悲剧性的，一切都是我的错！

这就出现了一个奇怪的问题：两个埃米尔·阿泽尔，哪个有道理？白天的那个有点怯懦，想把针从火中取回来；而晚上的那个呢，颓废而反叛，随时准备做出最勇敢的行动来帮助别人——帮别人活着或者死亡。

我决定等到第二天再来寻求答案。然而，第二天早上，我的想法和失眠时深思熟虑的东西完全相反。我再次准备做出一切妥协。

---

① 杰基尔医生，英国作家斯蒂文森的《化身博士》中的人物。

几天后，我放心了。贝尔纳丹先生身强力壮，像有魔法保护似的。我觉得自己怪怪的，还以为自己的信对他有影响呢！

我曾想象帕拉墨得斯捡起我的信，一边读一边摇头，并对我表示蔑视，他从一开始就那么蔑视我。我松了一口气。

他终于让我明白了有关珀涅罗珀①的神话，我远不是唯一的受害者。难道我们晚上不都在消灭我们白天所创造的人物吗？反之亦然。尤利西斯②的妻子织着布，面对众多的求婚者毫不动心，她借着夜幕，重新变成了高傲的女主人，拒绝一切。光亮有利于上演温柔谦恭的喜剧，而黑暗只会让人去进行疯狂的破坏。

"朱丽叶，在你看来，他为什么不想再次自杀？自杀好像是有瘾的。他为什么不再次自杀呢？"

"我不知道。我想他明白了这个道理。"

"明白了什么？"

"别人不会让他自杀的。"

"好像我们有办法监视他似的！"

---

① 珀涅罗珀是奥德修斯忠实的妻子，奥德修斯去远征时，她一直守在宫里，拒绝了无数求婚者，终于等到丈夫归来。
② 尤利西斯，即希腊神话中的奥德修斯。

"他也许重新爱上了生命。"

"你觉得像吗？"

"天知道。"

"去看看他。"

"不可能，他把自己关在家里。"

"没错。他住在人间天堂，现在是世界上最美丽的春天，而他把自己关在家里。"

"有些人对那些东西不感兴趣。"

"在你看来，他对什么东西感兴趣。"

"对钟感兴趣。"她微笑着说。

"是这样。他喜欢钟就像死神喜欢死亡一样。所以，我又要提出那个问题了：他为什么不再次自杀呢？他还等什么呢？"

"人们还以为是你想要他自杀呢！"

"不，我只是想弄明白这一点。"

"埃米尔，我只能告诉你这一点：我觉得，尽管想死，自杀仍然应该是一种可怕的考验。我读过一个跳伞运动员的传记，他说，在空中跳第二次是最可怕的。"

"这么说，在你看来，他没有再次自杀是因为他害怕了？"

"这不是很符合人性吗？"

"你是否意识到这个可怜虫是多么失望？他想死，可他再也没有勇气自杀。"

"你希望他再次自杀！我是这样认为的。"

"朱丽叶，我怎么认为，这一点都不重要，重要的是他想干什么。"

"说心里话，你是想帮助他的，是吗？"

"不！"

"那你为什么要跟我说这些？"

"为了让你不再根据自己的观点来判断他的命运。你的头脑里被灌输了这么一个概念——生命是有价值的。"

"即使没有人向我灌输这一概念，我也会这样想。我喜欢活着。"

"可有些人不喜欢活着，你能想象得到吗？"

"有些人能够改变自己的看法，你能想象得到吗？他可以学会热爱生活。"

"在七十岁的时候？"

"永远不会晚。"

"你是一个不可救药的乐观主义者。"

"你刚才说，自杀是有瘾的。你不认为所有的人都有瘾吗？”

"'所有的人都有瘾。'这话很有诗意，可我不明白。"

"没有任何事情人们只做一次。如果某人某天做了一件事，那是出于他的本性。每个人都在重复自己的行为，自杀只是一个特例。凶杀者会再次杀人，情人会重新堕入情网。"

"我不知道这是不是真的。"

"我相信是这样。"

"这么说，你觉得他会再次自杀？"

"我说的是你，埃米尔。你救了他的命，你不会满足于只救他一次命的。"

"你怎么会希望我救他的命呢？"

"我不知道。"

然后，她欢笑着补充了一句：

"这不关我的事，大救星是你而不是我。"

自从我骗她那是一封骂人的信后，朱丽叶就把我当成了一个救世主。这真讨厌。

"其实，朱丽叶，我们都是傻瓜。我们为什么要费劲去帮助一个我们都讨厌的人呢？甚至连基督徒都不会这样做。"

"因为我们爱贝尔纳黛特。帕拉墨得斯只要情况不妙，就会报复自己的老婆。帮助那个可怜的女人的唯一办法，就是拯救她的丈夫。"

"把他从什么东西中拯救出来？"

火红的染料木枯萎了，轮到紫藤了。

在六月里垂头丧气，就像在听舒伯特的音乐时兴高采烈一样不合时宜。这个月之所以让人难以忍受，是因为在三十天里，任何消极情绪都会显得没有礼貌。被迫的幸福是一种噩梦。

紫藤使情况变得更加严重。我没有见过比开花的紫藤更令人心碎的东西：那一串串沿着弯曲的藤条哭泣的蓝色花朵驱除了我的那一点点冷漠，把我变成了拉马丁①式的多愁善感的人。我小时候常常到奶奶家去过星期天，她家的墙上爬着一根紫藤。六月，这蓝色的泪雨撕碎了我的心。那时，我什么都不懂：我号啕大哭。真可笑，我现在还记忆犹新。

紫藤的解毒剂是芦笋，那是六月的另一种贡品。我发现吃芦笋的时候没法感到忧伤。问题是人不能一天二十四小时吃芦笋。

所以，在这六月初的时候，我需要成捆成捆的芦笋来排

---

① 拉马丁（1790—1869），法国浪漫主义诗人。

除忧伤。晚上，我看着朱丽叶睡觉，就像耶稣在橄榄山看他的信徒们睡觉一样。她生下来就安静而自信，并且指望我保护这两种我所没有的礼物。

下了床，失眠会好受一点。我走到花园里，清凉的夜风使我打了个寒战，紫藤使我一蹶不振。彬彬有礼的日本人常常就时下的花朵互相写信，有人嘲笑这种仪式，觉得无聊。如果我是日本人，我也许会写大量的书信：这种形式主义能使我倾诉甜蜜的少女之情，谁都不会发现。

但这种平衡很难保持：朱丽叶要求我抢救贝尔纳丹先生，我却深信只有死亡才能把他从牢笼中解救出来。朱丽叶不希望他死，即使希望他死，他似乎也不会再自杀。

看着紫藤，我做出了一个我觉得非常可怕的决定：从此以后，朱丽叶不理解就不理解吧！

这个决定第二天就起了作用。我看见邻居的车子从村里回来，赶紧上前迎接。

"帕拉墨得斯，我得找你谈谈。"

他一言不发地把钥匙塞到车尾箱的钥匙孔里，却不打开。我一动不动地站在车子旁边。

"你收到我的信了？"

他过了好久才说：

"是的。"

"你是怎么想的？"

"什么都没想。"

回答得非常潇洒。

"我却翻来覆去地想了又想。我来告诉你我的决定：如果你再自杀，我不会再拦你。"

沉默。我接着说：

"我认真想过了，我理解你了，帕拉墨得斯。现在，我知道这对你来说是唯一的解决办法。我很难承认这一点，因为这与人们以前告诉我的完全相反。'生命具有崇高的价值，要尊重人的生命……' 你知道这是什么意思。多亏了你，我现在知道这是废话。这种事完全取决于个人，世界上任何东西都是这样。生命不适合你，这很清楚。我向你发誓，我恨自己，我后悔把你从车库里拉了出来。"

沉默。气氛沉重得如千斤重担压在肩上。

"再试一次应该是不可避免的，我毫不怀疑。然而，不管这样显得多么奇怪，我还是要来鼓励你。是的，帕拉墨得斯。

我想，这样的行为是需要我所不具备的一种精神力量的，可是我，我热爱生命，这就不同了。而你呢，我鼓励你下决心。"

我不知不觉地慷慨激昂起来，激动得就像当年西塞罗发表第一篇斥责喀提林的演说一样。

"你尤其要想想，如果你不这样做会怎么样。你不能再这样继续下去了。看看你自己的生存状态吧：你的生活那不叫生活！你是一团痛苦和烦恼。更严重的是，你很虚无。而虚无是痛苦的，这一点，从贝尔纳诺斯那个时代起我们就知道了。当然，你没有读过他的作品，你从来不读书，而且，你什么都不做。你什么都不是，也许你从来就什么都不是。如果你是单身一人，我倒觉得没什么，但情况不是这样。你时运不济，便报复你老婆，尽管她表面上看起来不像个女人，但她比你人道一百倍。你囚禁她，想让她对你的虚无低头。真卑鄙啊！一个人，如果不压迫别人就活不下去，那最好还是不要活了。"

我开始感到好受多了，对口头艺术的热情使我浑身充满了力量。

"帕拉墨得斯，你现在打算怎么办？让我给你讲讲你的一天是怎么过的吧：买完东西回家之后，你瘫坐在椅子上，看着四个钟，直到中午才去做一顿难吃的饭，先把贝尔纳黛特喂饱了，然后喂自己，而你讨厌吃饭，尤其讨厌那种难吃的饭。接着，你又瘫坐在椅子上，看着大小指针，等待时间流逝，然后再接受食物考验，完了就去睡，这是你一天当中最难受的时候。我猜，你像我一样，晚上也失眠，如果我的失眠都那么可恨，你的失眠又会怎么样呢？一头心里厌烦的肥猪，甚至都不想睡觉，因为不爱睡。帕拉墨得斯·贝尔纳丹，因为你什么都不喜欢！当一个人什么都不喜欢的时候，他就应该去死了。别对我说，在你的药箱里没有能帮助你做这件事的药片。这比用汽车废气容易得多。勇敢点，帕拉墨得斯！只需张开嘴，用水吞下一片药，然后躺下——这就完了，烦恼、空虚、进食的痛苦、时钟、你的老婆和失眠，一切都结束了！什么都没有了，你不在世界上感知什么了。这就是拯救，帕拉墨得斯，拯救！永远的拯救！"

我的两颊滚烫滚烫的。

一件可怕的事情发生了，我都不敢相信是真的：我的邻居笑了起来。人有时会歇斯底里，他的歇斯底里很可怜，很无力，但也因此更加残酷。他好像把帕金森病都吸在身体里面去了，只见他颤抖着内脏，小声叫着，嘴中吐出了种种理论。

这个场面让人看了以后会两眼翻白。而且，他大笑着盯着我的眼睛。我沮丧、羞耻、垂头丧气地回到了家中。

我的计划是在当天晚上形成的。

贝尔纳丹先生会笑。有人因此会说他是个人，而有人会说他是个鬼。

而我，我琢磨的主要还是他那种笑的意思。他是否觉得我的演讲很可笑？这是否暗示他是个有品位的人？但这种假设不能接受。

不，那应该是一种讽刺的笑。我把它译成下列文字："难道我自杀对你有什么好处吗，嗯？你会不断感到自己有罪的。你刚才对我说的话都是真的，但你已经破坏了我离开这个混蛋生命的唯一机会。不，死可不容易，哪怕是吃药。我花了七十年时间才有勇气一试，如果再试我还需要七十年时间。当自己知道这是怎么回事的时候，这就更难了。你阻碍了我逃离，毁灭了我的希望，你竟然还敢对我说这些话！你一点都没有于心不安。好吧，亲爱的，如果你真的希望我死，那就杀了我吧！如果你想赎罪，没别的办法了，杀死我吧！"

关于花的语言，人们常常弄错。从此，我听懂了紫藤的叫声。它身上的一切都在哀求，它贴住墙壁，就像人们抓住王后的裙子一样；垂下来的那一串串蓝色的花朵，就像是在流泪哀叹——我听到了它咄咄逼人的哀求："生命是一声长叹，是一种无限的折磨，但别人可以把我从中解救出来。"

我的理由没有一条站不住脚：他没有任何理由活着，他没有任何理由不死，我没有任何借口不杀死他。

我选择了夏至这一天：选在这一天做决定有点笨，但我太缺乏勇气了，我需要四周一片庄严。仪式总是有利于沉思，没有仪式中的那种夸张，人会什么事都办不成。

这一决定使我冷静了下来，或者改变了我忧伤的性质，那是减轻痛苦的一种方式。

我将在晚上采取行动，因为晚上的埃米尔·阿泽尔会更加阴郁，也更加大胆。我对朱丽叶守口如瓶。

我一直等到天上没有一丝光亮为止。朱丽叶熟睡了，双拳攥得紧紧的。我过了桥。邻居的家门还是锁得紧紧的。我用胳膊肘打烂了车库的玻璃窗，当初，我以为在救贝尔纳丹的命时也是这么干的。

我上了楼，走进将成为我的杀人场的储藏室。他的床好像是一座怪异的纪念碑。四周一片漆黑，但我像猫一样看见了：我马上看清了躺在那里的大胖子睁着眼睛。我猜到他会失眠，果然如此。

他第一次没有用不满的目光看着我，冷漠中流露出一种解脱的宽慰：他知道我为何而来。

他什么都没说，我也什么都没说。我们并不是在演戏。作为死亡女神的信使，我没有带长柄镰刀[①]，而是用了一个枕头。我完成了我的罪行，出于同情。

没有人能想象得到，杀人原来那么容易。

一个七十岁的大胖子死在了床上，谁都不会怀疑什么的。

我问警察，我和朱丽叶能否照顾死者的妻子，没有人反对，人们甚至说我们很善良。

贝尔纳丹下葬的时候，贝尔纳黛特表现得很像个寡妇。

没有什么东西比医院的账单来得更慢了。帕拉墨得斯四月初因自杀入院，医疗费的单据九月底才到。办住院手续是我

[①] 据《圣经》，镰刀为死亡女神的象征之一。

签的字，签的是我的名，所以现在他们找我要钱来了。

我笑着付了钱，这很公平。毕竟，如果我没有傻乎乎地把他从车库里拉出来，就不会有医疗费了。

而且，他死了以后，我对这个邻居产生了好感。众所周知，人们都喜欢自己帮助过的人。四月二日晚上到三日凌晨的那个晚上，我还以为救了贝尔纳丹先生的命。我犯了多大的错误啊——多么自私的错误！

然而，六月二十一日，我没有露面。我没有用自己的标准来评判别人的命运，我没有完成会受一般人尊敬的壮举。相反，我违背了自己的天性，没有先去救我的邻居，我的朋友们是绝对不会赞同我的做法的。我践踏了自己的信念，这并没有什么关系，但我也践踏了自己天生的慵懒，这才是重要的，因为必须满足一个可怜虫的愿望——要让他的愿望而不是我的愿望得到满足。

最终，我表现得非常宽宏大量：真正的宽宏大量是谁都无法理解的。善良一旦被人赞美便不再是善良。

因为我是在夏至的夜晚救了帕拉墨得斯·贝尔纳丹的命。

朱丽叶一无所知，我也永远不会告诉她。如果她知道跟她同床共枕的人是个杀人犯，她会被吓死的。

由于什么都不知道，她觉得贝尔纳丹的死是件好事：她终于可以照料贝尔纳黛特了。贝尔纳丹的家里变得明亮、干净、通风了。朱丽叶每天至少陪那个囊肿两个小时。她给那个囊肿送去一盘盘菜，还有花朵和图画书，并建议我经常去陪她。我拒绝了，因为一想到贝尔纳黛特在浴缸里的情景，我就浑身起鸡皮疙瘩。

"她是我最好的朋友。"几个月后，朱丽叶对我说。

塞居尔公爵夫人[①] 知道了都会感动得流泪。

今天，下雪了，就像一年前我们搬到这里来的时候一样。我看着纷纷飘落的雪花。"雪融化掉的时候，那些白色去哪儿了？"莎士比亚问。我觉得没有比这更伟大的问题了。

我的白色也融化了，谁都没有察觉。十二个月前，当我在这座房子里住下来时，我知道自己是谁：一个卑微的教拉丁语和希腊语的小教师，其生命不会留下任何痕迹。

现在，我看着纷纷飘落的雪花。它们也会融化，不留痕迹。但我现在明白了，雪是一个秘密。

我已经不认识自己了。

---

① 塞居尔伯爵夫人（1799—1874），俄裔法国女作家，著有少儿小说。

Les Catilinaires by Amélie Nothomb
© Editions Albin Michel–Paris 1995
Current Chinese translation rights arranged through Divas International, Paris
巴黎迪法国际版权代理（www.divas-books.com）

著作权合同登记号：图字 18-2019-299

图书在版编目（CIP）数据

午后四点 /（比）阿梅丽·诺冬著；胡小跃译 . --
长沙：湖南文艺出版社，2020.4
ISBN 978-7-5404-9495-7

Ⅰ.①午… Ⅱ.①阿… ②胡… Ⅲ.①讽刺小说－比利时－现代 Ⅳ.①I564.45

中国版本图书馆 CIP 数据核字（2020）第 001321 号

上架建议：畅销·外国文学

WUHOU SI DIAN

午后四点

作　　者：［比］阿梅丽·诺冬
译　　者：胡小跃
出 版 人：曾赛丰
责任编辑：刘诗哲
监　　制：邢越超
特约策划：闫　雪　马冬冬
特约编辑：李美怡
版权支持：辛　艳
营销支持：周　茜　文刀刀
版式设计：利　锐
封面设计：棱角视觉
出　　版：湖南文艺出版社
　　　　　（长沙市雨花区东二环一段 508 号　邮编：410014）
网　　址：www.hnwy.net
印　　刷：三河市鑫金马印装有限公司
经　　销：新华书店
开　　本：875mm×1230mm　1/32
字　　数：87 千字
印　　张：5.5
版　　次：2020 年 4 月第 1 版
印　　次：2020 年 4 月第 1 次印刷
书　　号：ISBN 978-7-5404-9495-7
定　　价：39.80 元

若有质量问题，请致电质量监督电话：010-59096394
团购电话：010-59320018